DIE HOCHZEIT VON CAROLINE

SEALs of Protection, Buch Vier

SUSAN STOKER

Copyright © 2020 Susan Stoker
Englischer Originaltitel: »Marrying Caroline (SEAL of Protection Book 3.5)«
Deutsche Übersetzung: Catharina Preuss für Daniela Mansfield Translations 2020
Alle Rechte vorbehalten. Dies ist ein Werk der Fiktion. Namen, Darsteller, Orte und Handlung entspringen entweder der Fantasie der Autorin oder werden fiktiv eingesetzt. Jegliche Ähnlichkeit mit tatsächlichen Vorkommnissen, Schauplätzen oder Personen, lebend oder verstorben, ist rein zufällig.
Dieses Buch darf ohne die ausdrückliche schriftliche Genehmigung der Autorin weder in seiner Gesamtheit noch in Auszügen auf keinerlei Art mithilfe elektronischer oder mechanischer Mittel vervielfältigt oder weitergegeben werden.
Titelbild entworfen von: Chris Mackey, AURA Design Group
eBook: ISBN: 978-1-64499-056-8
Taschenbuch: ISBN: 978-1-64499-057-5

Besuchen Sie Susan im Netz!
www.stokeraces.com
facebook.com/authorsusanstoker
twitter.com/Susan_Stoker
bookbub.com/authors/susan-stoker
instagram.com/authorsusanstoker
Email: Susan@StokerAces.com

EBENFALLS VON SUSAN STOKER

SEALs of Protection
Schutz für Caroline
Schutz für Alabama
Schutz für Fiona
Die Hochzeit von Caroline
Schutz für Summer (Buch Fünf) **(erhältlich ab Ende April 2020)**

Die Delta Force Heroes:
Die Rettung von Rayne
Die Rettung von Emily
Die Rettung von Harley
Die Hochzeit von Emily
Die Rettung von Kassie

SUSAN STOKER

Die Rettung von Bryn
Die Rettung von Casey (Buch Sieben) **(erhältlich ab Ende April 2020)**

KAPITEL EINS

Caroline öffnete die Tür zu *Aces Bar and Grill* und sah sich nach Matthew um. Als sie ihn zusammen mit dem gesamten SEAL-Team sowie Fiona und Alabama an ihrem Stammtisch entdeckte, ging sie zu ihnen hinüber.

Sie ging an Jess vorbei, ihrer Stammkellnerin, und schob sich durch die Menge in Richtung ihres Freundes. Die Kneipe schien an diesem Abend ungewöhnlich voll zu sein, aber Matthew blieb nicht sitzen, um auf sie zu warten. Caroline lächelte, als Matthew ihr entgegenkam. Es war beinahe ärgerlich, wie ihm die Leute unaufgefordert Platz zu machen schienen, aber Caroline konnte ihnen keinen Vorwurf machen. Matthew war eine imposante Erscheinung.

Caroline musterte ihren Freund, als er auf sie zukam. Er war ungefähr eins neunzig groß und sah aus wie ein Mann, mit dem man sich besser nicht anlegte. Matthew trug Jeans und ein kurzärmliges T-Shirt, das so eng saß, dass er sich geradeso darin bewegen konnte. Caroline sah, wie er seine Arme ausbreitete, während er auf sie zukam. Sie blieb stehen und wartete, bis Matthew zu ihr kam. Sie würde nie darüber hinwegkommen, wie glücklich sie sich schätzen konnte, dass dieser Mann, dieser wunderbar gut aussehende, sexy, mutige Mann, mit *ihr* zusammen war.

»Hey, Ice. Ich habe dich vermisst.«

Caroline lächelte. »Wir haben uns doch erst vor zwei Stunden gesehen.«

»Ich weiß. Wie ich gesagt habe, ich habe dich vermisst.« Matthew »Wolf« Steel legte seine Hand an Carolines Gesicht und lehnte sich gegen sie.

»Ich habe dich auch vermisst«, gab Caroline heiser zu. Sie liebte es, Matthews Hände an sich zu spüren. Er gab ihr immer das Gefühl, dass er sie sehr zu schätzen wusste.

Wolf eroberte Carolines Lippen mit seinen. Er kümmerte sich nicht darum, dass sie mitten in einer Kneipe standen und von anderen Gästen angerempelt wurden. Er zeigte Caroline, wie sehr er sie vermisst hatte.

Caroline griff mit den Armen um Matthews Hinterkopf und sie verlor sich in seinem Kuss. Sie konnte spüren, wie ihr Körper sich erhitzte und sich auf seine Liebe vorbereitete. Glücklicherweise zog Matthew den Kopf zurück, bevor sie etwas tun konnte, das sie so sehr in Verlegenheit gebracht hätte, dass sie nie wieder in der Lage gewesen wäre, auch nur einen Fuß ins *Aces* zu setzen.

»Mein Gott, Ice, du bist wunderbar. Komm schon.« Wolf ließ Carolines Gesicht los und griff nach ihrer Hand, die sie auf seine Brust gelegt hatte. »Ich habe schon für dich bestellt. Die anderen sind auch alle da.«

»Hallo Leute!«

»Hallo!«

»Hallo, Caroline.«

»Hi, Ice.«

Die Grüße kamen von Herzen und waren aufrichtig. Caroline konnte sich wirklich glücklich schätzen. Sie hatte mit Matthew nicht nur einen wunderbaren Mann gefunden, sondern auch seine Teamkollegen als Brüder gewonnen. Jetzt, nachdem Christopher Alabama gefunden und Hunter Fiona geheiratet hatte, hatte sie auch noch zwei Schwestern und beste Freundinnen.

Matthew half Caroline, auf dem Stuhl neben ihm Platz zu nehmen, bevor er sich selbst setzte.

»Was hat dich so lange aufgehalten?«, beschwerte sich Fiona bei Caroline und lächelte, um ihren Worten die Schärfe zu nehmen.

»Wir hatten einen Durchbruch bei der Arbeit. Es gibt da diese Verbindung, die wir schon so lange untersuchen, und wir haben endlich herausgefunden, wie man ...«

Wolf legte seine Hand auf Carolines Mund und stoppte ihre Worte. »Du hast jetzt Feierabend, Ice. Keine Gespräche über die Arbeit. Wir sind hier, um uns zu entspannen, und nicht, um über deine Chemieexperimente zu reden.«

Alle lachten.

Caroline funkelte Matthew wütend an, während sie ihre Zunge herausstreckte und sinnlich über seine Handfläche leckte. Sie sah, wie seine Blicke dahinschmolzen, und wünschte sich plötzlich, dass sie irgendwo anders wären.

Wolf lehnte sich an sie, nahm seine Hand von Carolines Mund und legte sie auf ihren Oberschenkel. »Dafür wirst du heute Abend noch bezahlen, Ice.«

Caroline spürte, wie sie Gänsehaut bekam, als er seine Worte in ihr Ohr hauchte. »Darauf zähle ich, Matthew.«

Wolf küsste Caroline auf die Schläfe und richtete sich auf, ohne seine Hand von ihrem Bein zu nehmen. Er war der glücklichste Hurensohn auf der Welt. Er würde niemals vergessen, wie verängstigt er gewesen war, als er das Video hatte sehen müssen, in dem Caroline gefoltert wurde. Er würde nie vergessen, wie er den Atem angehalten und gebetet hatte, dass er sie nicht sterben sehen würde. Die Terroristen hatten dem SEAL-Team das Video geschickt in der Hoffnung, dass sie die Beherrschung verlieren würden, aber dafür waren sie zu gut ausgebildet. Wenn überhaupt, hatte es sie in ihrer Entschlossenheit gestärkt, Caroline lebendig dort herauszuholen und die Terroristen auszuschalten.

Wolf wusste, dass er Cookie mehr schuldete, als der jemals ahnen könnte. Cookie hatte Wolf versichert, dass sie quitt waren, nachdem sie eine Mission hatten abbrechen müssen, um in die Vereinigten Staaten zurückzukehren, als Cookies Frau Fiona in Schwierigkeiten steckte. Wolf wusste aber, dass er diese Schuld niemals vollständig abbezahlen könnte.

Hunter »Cookie« Knox hatte Caroline das Leben gerettet, nachdem sie über Bord geworfen worden war. Er war es gewesen, der ihr die lebensrettende Sauerstoffmaske vor das Gesicht gehalten und sie von dem Terroristenboot weggebracht hatte, bevor es in die Luft gejagt wurde.

Wolf missbilligte die enge Freundschaft nicht, die sich dadurch zwischen Caroline und Cookie entwickelt hatte. Die beiden standen sich sehr nahe. Während Wolf sonst ein sehr besitzergreifender Mann war, konnte er in diesem Fall nichts dagegen sagen. Jeden anderen Mann, der es wagte, seiner Caroline zu nahe zu kommen, hätte Wolf sofort in die Schranken gewiesen, aber nicht Cookie.

Es gab nur eine Sache in ihrer Beziehung, die Wolf beunruhigte, aber er wusste, dass er es ihr gegenüber höchstwahrscheinlich niemals erwähnen würde. Es wäre es nicht wert, Caroline oder Cookie deshalb zu beunruhigen. Wolf würde es einfach runterschlucken und damit fertigwerden müssen.

Heute Abend hatte er vor, den ersten Schritt zu tun, um Caroline auch offiziell zu seiner Frau zu machen. Er hatte alle seine Freunde hierher eingeladen, weil er Caroline bitten wollte, ihn zu heiraten. Wolf wusste, wie viel Caroline ihre Freundinnen und Freunde bedeuteten, daher wollte er sie mit so viel Liebe wie möglich umgeben, bevor er sie bat, seinen Ring zu tragen.

»Wie geht es dir, Fiona?«, fragte Caroline sanft und beugte sich zu ihrer Freundin hinüber. Sie würde nie vergessen, wie viel Angst sie um sie gehabt hatte, als Fiona aufgrund ihrer Entführung einen Flashback durchlebt hatte und aus Riverton geflohen war.

»Mir geht es gut, Caroline. Ich sehe Dr. Hancock jetzt nur noch alle zwei Wochen und ehrlich gesagt fühle ich mich ziemlich gut dabei. Ich weiß, dass ich nie wirklich werde vergessen können, was mir in Mexiko widerfahren ist. Aber immer, wenn es … schwer wird, ist Hunter für mich da.«

Caroline reichte mit einer Hand über den Tisch und drückte Fionas Hand. »Gut. Hunter kümmert sich um dich. Daran habe ich keine Zweifel.«

Die beiden Frauen sahen sich verständnisvoll an. Fiona wusste die Beziehung zwischen ihrem Ehemann und Caroline richtig einzuschätzen und unterstützte sie von ganzem Herzen.

»Hallo Leute! Seid ihr bereit für eure Mahlzeit?« Ihre Kellnerin stand an der Seite des Tisches. Ihr langes schwarzes Haar war zu einem Pferdeschwanz zusammengebunden, der über ihren Rücken fiel.

»Danke, Jess«, sagte Benny und sah zu der

hübschen Bedienung auf. »Wir haben nur auf Caroline gewartet, aber jetzt sind wir so weit.«

Jess nickte, drehte sich um und ging zurück zur Küche, offensichtlich um der Köchin mitzuteilen, dass die Gäste bereit für ihr Abendessen waren.

»Also, was gibt es zu feiern?«, fragte Caroline und sah sich um.

»Können wir nicht einfach ohne Anlass alle zusammen sein?«, fragte Sam »Mozart« Reed mit einem Grinsen.

»Nun, ja«, entgegnete Caroline etwas sarkastisch, »normalerweise, wenn wir das tun, bringt ihr«, sie deutete auf die noch nicht vergebenen SEALs am Tisch, »eine neue Frau mit und tut so, als würdet ihr mit ihr ausgehen, anstatt sie nur durchzufüttern, bevor ihr ...«

»Hey!«, unterbrach Faulkner »Dude« Cooper sie etwas beleidigt. »Das ist nicht fair. Wir gehen mit den Frauen aus, die wir mit zum Abendessen bringen.«

»Ja, aber nur für einen Abend.«

Bei Alabamas Worten drehten sich die Männer überrascht um. Sie sagte nicht oft ihre Meinung, aber ab und zu haute sie so einen Spruch raus wie gerade eben.

Christopher »Abe« Powers lehnte sich an seine

Freundin und lachte leise. »Das ist mein Mädchen«, sagte er liebevoll.

»Jesus, ihr Frauen seid ja gefährlich«, beklagte sich Kason »Benny« Sawyer. »Es sind Schlampen, wenn wir uns mit ihnen verabreden, Schlampen, wenn ihr sie nicht mögt, dann Schlampen, wenn wir uns von ihnen trennen.«

»Das liegt nur daran, dass ihr uns wichtig seid«, sagte Caroline ernst. »Ihr verdient alle etwas Besseres als diese Schlampen wie Michele und Adelaide. Wenn ihr uns einmal zuhören würdet, würdet ihr feststellen, dass wir diese Flittchen sofort durchschauen.«

»Nur weil ihr«, Mozart gestikulierte hinüber zu den Frauen mit ihren Männern am Tisch, »euch gefunden habt, muss das ja nicht gleich heißen, dass wir auch auf so etwas abfahren.«

»Quatsch«, sagte Caroline sachlich. »Ich glaube, ihr wollt alle, was wir haben, und das ist in Ordnung so, weil ihr es alle verdient habt. Aber wenn ihr weiterhin nur Frauen in Betracht zieht, die sich allein in Kneipen herumtreiben, nur um eine Nacht mit einem Navy SEAL zu verbringen, dann werdet ihr das niemals finden. Ihr müsst eure Augen öffnen und die anderen Frauen um euch herum wahrnehmen. Gute Frauen. Werft mal einen

Blick auf die, die ihr sonst vielleicht nicht ansehen würdet.«

Gerade als Caroline ihre leidenschaftliche Rede beendet hatte, kam Jess mit einem Tablett voller Speisen an den Tisch. »Ich hoffe, ich unterbreche nicht ...«, sagte sie zögernd.

»Natürlich nicht«, entgegnete Benny, offensichtlich froh darüber, das Thema wechseln zu können.

Die Gerichte wurden auf dem Tisch verteilt und alle langten kräftig zu. Etwa dreißig Minuten später, nachdem sie alle fertig gegessen und sich unterhalten hatten, lehnten sie sich entspannt in ihren Stühlen zurück.

»Also, ich habe noch keine Antwort bekommen. Ist heute Abend ein besonderer Anlass oder nicht?« Caroline lächelte ihren Freundinnen zu. Es war ihr eigentlich egal, warum sie da waren, sie freute sich, mit ihren Freundinnen und Freunden zusammen zu sein. Sie drehte sich zu Matthew um, als der gerade vom Tisch aufstand. Seine Hand hatte während des gesamten Essens auf ihrem Bein geruht. Natürlich hatte er nicht ruhig dabei bleiben können. Er hatte rhythmisch mit seinem Daumen über ihren Schenkel gestreichelt und Caroline hatte sich auf ihrem Sitz gewunden.

Caroline sah überrascht, wie Matthew neben ihrem Stuhl auf die Knie ging.

»Was zur Hölle machst du da, Matthew? Steh auf.«

Wolf schluckte schwer. Er sollte nicht so nervös sein, aber er konnte nichts dagegen tun. »Ich liebe dich, Caroline Martin. Mehr als alles andere in meinem Leben.« Er nahm ihre beiden Hände in seine und hob sie an seinen Mund. Er küsste ihre Hände, bevor er sie wieder in ihren Schoß legte. Er ließ sie nicht los und konnte fühlen, wie Caroline zu zittern begann.

»Ich liebe dich auch, Matthew, aber was ...«

Wolf unterbrach sie. »Ich hatte in meinem Leben schon immer große Vorbilder. Du weißt, dass meine Eltern auch nach vierzig Jahren Ehe immer noch glücklich verheiratet sind. Ich habe gesehen, wie wichtig es ist, die richtige Person zu finden, mit der man den Rest seines Lebens verbringen möchte.«

Caroline schnappte nach Luft und merkte plötzlich, was los war. »Matthew ...«

Wolf fuhr rasch fort: »Ich war schon an vielen beschissenen Orten. Ich habe schreckliche Dinge gesehen. Ich habe einige schreckliche Dinge getan. Tief in meinem Herzen weiß ich, dass du zu gut für mich bist, aber das ist mir egal. Du machst mich zu einem besseren Menschen. Jeden Tag. Ich denke jeden Tag bei mir: ›Wäre Caroline stolz auf mich, wenn ich dies oder jenes tue?‹ Wenn die Antwort ja lautet, mache ich weiter, wenn nein, versuche ich herauszubekommen, wie ich die Situation sonst meistern kann.«

Caroline weinte nun hemmungslos. »Matthew, wirklich ...«

Wolf ließ Carolines Hände los und führte seine Hände zu ihrem Hals. Er streichelte ihren Kiefer mit seinen Daumen und senkte die Stimme, sodass nur noch Caroline ihn hören konnte. »Ich liebe dich, Ice. Ich liebe dich mit meinem ganzen Wesen. Der schönste Tag meines Lebens war, als ich in diesem Flugzeug neben dir gesessen habe. Ich kann mir ein Leben ohne dich nicht vorstellen und ich will es auch nicht. Ich habe dich heute Abend hierhergebeten, um dich zu bitten, meine Frau zu werden. Meine Partnerin. Mein Ein und Alles. Ich wollte, dass alle unsere Freunde und Freundinnen dabei sind. Ich möchte meinen Ring an deinem Finger sehen, damit jeder andere Mann weiß, dass du vergeben bist. Dass du *mir* gehörst. Willst du meine Frau werden, Caroline?«

Caroline schniefte und hielt Matthew an den Seiten seines T-Shirts fest.

Wolf lächelte, beugte sich vor und küsste sie einmal kurz, dann lehnte er sich zurück. »Ja, Ice, jetzt darfst du etwas sagen, aber das einzige Wort, das ich hören möchte, ist ›ja‹.«

»Ja.« Das Wort war leise, aber alle am Tisch konnten die Emotionen dahinter spüren.

Wolf festigte seinen Griff und beugte sich vor, um die Abmachung zu besiegeln, aber Caroline legte eine Hand auf seine Brust und hielt ihn zurück.

»Ja, ich möchte dich heiraten. Ich habe lange von diesem Moment geträumt, aber ich möchte auch, dass du weißt, dass ich jeden verdammten Tag stolz auf dich bin. Selbst wenn du jeden Tag nur auf deinem Hintern sitzen würdest, wäre ich immer noch stolz auf dich. Du hast keine schrecklichen Dinge getan. Es sind die *anderen* Menschen, die schreckliche Dinge tun. Du und dein Team, ihr verhindert, dass diese schrecklichen Dinge guten Menschen widerfahren.«

Caroline warf einen kurzen Blick zu Fiona und schenkte ihr ein Lächeln. Als Fiona zurücklächelte, wandte sich Caroline wieder Matthew zu.

»Also, ja, ich werde dich heiraten. Ich liebe dich so sehr. Ich werde mit Stolz deinen Ring tragen. Ich kann es kaum erwarten, Mrs. Caroline Steel zu werden.«

Wolf drückte Caroline an sich, als die Runde am Tisch in Jubel und Glückwunschbekundungen ausbrach. Jess hatte plötzlich für alle Champagner gebracht. Die anderen Kneipengäste prosteten ihnen ebenfalls zu.

Inmitten des Chaos zog sich Caroline einen Moment zurück, sah Matthew in die Augen und sagte: »Ich liebe dich.«

Wolf sagte nichts, griff aber in die Tasche seiner Jeans und zog einen Ring heraus. Er nahm Carolines linke Hand und küsste ihren Ringfinger, bevor er ihr den Verlobungsring ansteckte.

Caroline schaute auf ihre Hand und schnappte nach Luft. Der Ring war wunderschön. Ihre Augen füllten sich sofort wieder mit Tränen. Matthew hatte offensichtlich auf ihren Geschmack geachtet. Sie trug in der Regel nicht viel Schmuck und hatte sich oft bei Matthew beschwert, dass die meisten Schmuckstücke wie Ringe, Armbänder oder Halsketten ihr bei der Arbeit nur im Weg wären.

Es war ein Platinring mit einem Diamanten im Smaragdschliff in der Mitte, der von zwei Diamanten im Prinzessinnenschliff eingefasst war. Die Steine waren eingelassen, sodass sie nicht herausstanden. Caroline würde mit dem Ring also nicht an ihren Kleidern oder an irgendetwas bei der

Arbeit hängen bleiben. Obwohl der Ring nicht übermäßig auffällig war, waren die Diamanten beachtlich. Caroline war keine Expertin, aber der mittlere Stein musste mindestens ein Karat haben und die beiden anderen Diamanten waren auch nicht viel kleiner.

»Gefällt er dir?«

Caroline konnte die Sorge in Matthews Stimme hören und beruhigte ihn schnell. »Es ist der schönste Ring, den ich je gesehen habe. Wenn du vorhattest, mir etwas zu besorgen, das ich nie wieder ablegen möchte, dann hast du das auf jeden Fall geschafft.«

»Ich wollte dir eigentlich einen größeren Ring kaufen, bei dem jedem sofort aufgefallen wäre, dass du vergeben bist, aber ich weiß, dass du das gehasst hättest.«

»Du kennst mich so gut, Matthew. Ernsthaft. Ich liebe dich so sehr.«

Wolf lachte. »Du kannst mir heute Abend zeigen, wie sehr.«

Caroline liebte den Glanz in den Augen ihres Mannes. »Oh, verdammt ja.«

Sie hatten ein gesundes Sexleben, aber irgendwie wusste Caroline, dass heute Abend eine Nacht wie keine andere werden würde.

»Komm schon, Matthew, jetzt lass sie mal zu Atem kommen. Ich will den Klunker auch mal sehen!«, rief Fiona und brachte alle zum Lachen.

Wolf erhob sich und setzte sich wieder neben Caroline. Er behielt seine Hand an ihrem Kreuz und streichelte sie mit seinem kleinen Finger. Er spürte, wie sie sich bewegte, und wusste, dass sie sich seiner Hand und seiner Nähe bewusst war. Wolf lächelte. Der erste Teil seines Plans war reibungslos verlaufen, er hoffte nur, dass der Rest es auch tun würde.

KAPITEL ZWEI

Zwei Tage nach ihrer Verlobung saß Caroline ihrem Verlobten gegenüber und starrte ihn wütend an.

»Matthew, es ist einfach lächerlich, so viel Geld für eine Hochzeit auszugeben. Im Ernst, lass uns einfach bei *Aces* feiern und fertig.«

»Ice, ich möchte dir die größte und schönste Hochzeit schenken, die man sich vorstellen kann. Ich will, dass jeder in der Stadt weiß, dass du mir gehörst, und anschließend möchte ich eine große Party schmeißen.«

»Aber Matthew, wirklich, das ist verrückt. Es weiß auch so jeder, dass ich dir gehöre. Du packst mich sofort und küsst mich, wenn mir jemand auch nur in die Augen schaut. Das war neulich wirklich peinlich, als der fünfzehnjährige Junge im Supermarkt zufällig meine Aufmerksamkeit erregte und du mich über deinen Arm gebeugt hast, um mir einen filmreifen Kuss zu geben! Um Gottes willen, Matthew, du führst dich auf wie ein Verrückter!«

Wolf holte tief Luft. »Ich weiß, dass ich verrückt bin, Ice, aber das ist es, was ich dir schenken möchte.«

»Aber was ist, wenn ich es nicht will?« Caroline sah, wie ein Muskel in Matthews Kiefer zuckte. Plötzlich begriff sie es. »Du brauchst das, oder?«

»Wenn du es nicht willst, dann ist das auch okay. Wir fahren einfach nur zum Standesamt oder fliegen nach Las Vegas wie Cookie und Fiona.«

Caroline wiederholte ihre Frage, formulierte sie diesmal jedoch als Feststellung. »Du brauchst das.« Matthew zuzusehen, wie er mit seiner Fassung rang, nahm ihr die Entscheidung schließlich ab. Matthew würde alles für sie tun. Sie brauchte nur zu sagen: »Das ist hübsch«, oder: »Das sieht toll aus«, und im nächsten Moment kaufte Matthew es ihr schon. Caroline hatte lernen müssen, sehr vorsichtig mit dem zu sein, was sie sagte. Sie wusste, dass er seine Vorstellung von einer großen Hochzeitsfeier aufgeben würde, wenn sie Druck machte. Aber es war offensichtlich, dass Matthew es brauchte. Er wollte es. Caroline konnte es nicht leugnen.

»Okay. Wir richten eine große Hochzeit aus.« Caroline wusste, dass sie die richtige Entscheidung getroffen hatte, als sie die Erleichterung auf Matthews Gesicht sah.

»Im Ernst, wir können auch ...« Er versuchte immer noch, es zu leugnen.

»Nein. Wir feiern eine große Hochzeit, Matthew. Aber ich brauche etwas Hilfe. Ich habe keine Ahnung, wie man eine Hochzeit vorbereitet. Und ich glaube nicht, dass Fiona oder Alabama mehr darüber wissen. Zur Hölle, Fiona hat in Las Vegas in Jeans geheiratet«, brach es aus Caroline heraus und sie fuhr fort: »Ich habe immer davon geträumt, meine Hochzeit zusammen mit meiner Mutter zu planen, obwohl ein Teil von mir wusste, dass das wahrscheinlich nicht möglich sein wird. Da meine Eltern schon sehr alt waren, wusste ich, dass sie vielleicht nicht lange genug leben würden, um bei meiner Hochzeit dabei zu sein.«

»Cookie.«

»Was?«

»Cookie kann dir helfen.« Wolf legte seine Hand an Carolines Wange und strich mit seinem Daumen zärtlich über ihr Gesicht.

Caroline sah Matthew an, als hätte er den

Verstand verloren. »Was zum Teufel weiß Hunter denn über Hochzeiten?«

Wolf nahm seine Hand von ihrer Wange und strich sich über den Kopf. Es war ihm peinlich, aber er musste Caroline beruhigen. »Cookie hat dir das Leben gerettet.«

»Was hat das mit Hochzeiten zu tun?« Carolines Stimme wurde leiser, weil sie wusste, dass ihre Entführung für Matthew immer noch ein sehr schwieriges Thema war.

»Er hat dein Leben in seinen Händen gehalten. Ich würde alles für Cookie tun. Nachdem er Fiona getroffen hatte, haben wir viel über unsere Hochzeiten geredet. Wie groß sie sein würden und was für eine riesige Party wir haben würden. Wie schön du und Fiona in euren Brautkleidern aussehen würdet, wenn ihr auf uns zugeht …«

Der Gedanke rührte Caroline so sehr, dass sie von ihrem Stuhl aufstand und Matthews Hand nahm. »Komm schon, wir setzen uns auf die Couch.«

Sie gingen zur Couch, Caroline drückte Matthew in die Kissen und setzte sich dann auf seinen Schoß. »So ist es besser. Ich mag es, deine Wärme an mir zu spüren. Das Gefühl deines Herzschlags an meiner Wange beruhigt mich. Nun erzähl weiter.«

Wolf lächelte. Seine Caroline war unglaublich.

Sie wusste, wie schwer es ihm fiel, und tat alles, damit er sich wohler fühlte. »Ich war zu allem bereit gewesen, ihm und Fiona bei der Planung ihrer Hochzeit zu helfen, aber Fiona versicherte mir, dass sie mit einer großen Hochzeit nicht würde umgehen können. Dass sie sich nach allem, was ihr widerfahren war, einfach unwohl dabei fühlen würde. Sie wollte eine kleine und bescheidene Hochzeit. Cookie stimmte sofort zu. Ich schulde ihm etwas.« Wolfs Worte verblassten und Caroline wusste, dass er die schrecklichen Augenblicke, in denen er nicht gewusst hatte, ob sie noch am Leben war oder nicht, gerade noch einmal durchlebte.

»Ich schulde ihm etwas, und so bekommt er die Chance, doch noch eine große Hochzeit zu erleben. Ich weiß, dass er ein Kerl und nicht deine Mutter ist, und ich weiß verdammt noch mal, dass es weder normal noch traditionell wäre, aber ich weiß auch, dass er es perfekt machen wird, Ice. Er liebt dich wie eine Schwester. Wirst du dir von ihm helfen lassen?«

»Natürlich.« Caroline ließ Matthew keine Gelegenheit, an ihrer Zustimmung zu zweifeln, und fuhr fort: »Ich mag es sehr, dass du so auf deinen Freund aufpasst, und ich liebe Cookie wie einen Bruder, aber im Ernst, Matthew, ich habe wirklich keine Ahnung von dieser Hochzeitssache. Wenn er etwas plant und am Ende ein Zirkus daraus wird, kannst du mich nicht dafür verantwortlich machen.«

Wolf rutschte herum, bis er Caroline auf die Couch legen konnte und er über ihr war. Er fasste ihr Gesicht mit beiden Händen und beugte sich vor. »Ice, es ist mir egal, selbst wenn Cookie Löwenbändiger und Seiltänzer organisiert. Solange du am Ende meine Frau wirst, werde ich der glücklichste Mann auf der Welt sein.«

»Ich liebe dich.«

»Ich liebe dich auch. Heb deine Arme. Ich denke, wir sollten diese Abmachung gebührend feiern.«

Caroline lächelte Matthew an und tat, was er verlangte. Als er ihr das Hemd über den Kopf zog, sagte sie: »Es gefällt mir, Abmachungen mit dir zu feiern, mit meinem wunderschönen Navy SEAL.«

Sie sah, wie Matthew die Augen verdrehte, verlor aber den Faden, als sie Matthews Mund an ihrer Brust fühlte. Er zog ihren BH herunter und fing sofort an zu saugen. Caroline drückte sich an Matthew und spürte, wie sehr er sie wollte. Oh ja. Sie dachte nur noch daran, dass sie es auch in Zukunft genießen würde, mit ihrem Mann zu verhandeln, wenn es immer so endete.

Die Gedanken an die Hochzeit und an Cookie

verloren sich bald, als Matthew damit anfing, seiner Frau das Gefühl zu geben, sie zu lieben und in Ehren zu halten.

»Wie wäre es mit *Bless the Broken Road* von Rascal Flatts?«

Caroline stützte ihre Ellbogen auf den Küchentisch und legte den Kopf auf ihre Hände. Matthew hatte Hunter angerufen und ihm erklärt, dass er jetzt ihr offizieller Hochzeitsplaner war. Caroline hätte nicht erwartet, dass Hunter so begeistert sein würde. Matthew hatte offensichtlich nicht gelogen, als er ihr geschildert hatte, wie aufgeregt Hunter auf seiner eigenen Hochzeit gewesen war, denn er war jetzt überglücklich, Caroline bei der Planung ihres Ehrentages helfen zu dürfen.

Als Caroline mit Fiona darüber gesprochen hatte, ob sie mit der Tatsache einverstanden war, dass ihr Mann Carolines Hochzeit planen sollte, hatte Fiona nur gelacht und gesagt: »Viel Glück dabei.« Caroline hatte in dem Moment nur gelächelt, aber jetzt verstand sie Fionas implizite Warnung.

Das war jetzt drei Tage her. Seitdem hatte

Hunter keine Zeit verschwendet. Er hatte Termine vereinbart, um verschiedene Kuchensorten zu probieren und die Speisen für das Buffet auszusuchen. Hunter hatte einen ganzen Tag dafür eingeplant, das Kleid zu kaufen, und sie sogar stundenlang damit gefoltert, ihr Blumen zu zeigen.

Jetzt sprachen sie über das Lied für den ersten Tanz. Hunter hatte eine ganze Liste mit Songs, die er mit Caroline durchgehen wollte, und das machte sie verrückt.

»Ich liebe dieses Lied, Hunter«, sagte Caroline ehrlich, »aber ich denke, es ist etwas übertrieben.«

»Okay«, stimmte Cookie sofort zu, »was ist mit *You Say it Best When You Say Nothing At All* von Alison Kraus? Oder wenn du etwas anderes willst, wie ist es mit Ozzy Osbornes *Here For You*?«

»Im Ernst, Hunter, ich weiß nicht, zu welchem Lied ich tanzen möchte. Ich weiß nicht einmal, ob Matthew tanzen kann.«

»Das ist doch egal, Ice. Du wirst tanzen, weil man das bei einer Hochzeit eben tut. Es müssen Bilder gemacht werden, die Tradition muss eingehalten werden.«

»Muss ich mich jetzt sofort entscheiden?«, beschwerte sich Caroline weiter. »Die Hochzeit ist doch erst in zwei Monaten.«

»Zwei Monate sind nicht viel Zeit«, mahnte Cookie. »Je mehr Entscheidungen du jetzt treffen kannst, desto besser wird es, wenn es erst so weit ist.«

Caroline legte den Kopf auf den Tisch und jammerte: »Ich kann mich heute nicht entscheiden.«

»Was ist mit *To Make You Feel My Love* von Garth Brooks?«, beharrte Cookie auf einer Entscheidung. »Es ist traditionell, aber da es ein älteres Lied ist, trägt es nicht ganz so doll auf.«

»Okay, das reicht jetzt. Ich bin mit diesem Hochzeitskram durch für heute.« Caroline stand verärgert auf.

»Aber wir müssen noch die Angebote für den Veranstaltungsort durchgehen und darüber sprechen, welche Schuhe du trägst.«

Caroline starrte Hunter nur an. Sie sagte nichts, nahm ihr Handy und wählte eine Nummer.

»Hallo?«

»Hey, Fiona?«

»Ja.«

»Komm bitte her und hol deinen Ehemann ab.« Caroline verzog das Gesicht, als sie Fiona lachen hörte.

»Hast du genug von ihm?«

»Ja. Ich kann nicht glauben, dass er sich in alles

so hineinsteigert. Es ist einfach nicht mehr auszuhalten.« Während Caroline weiter mit seiner Frau redete, starrte sie Hunter wütend an. »Ich meine, er ist dazu ausgebildet, Menschen zu töten ... wie kann er nur *so* verrückt nach Hochzeiten sein?«

»Ich komme sofort und hole ihn ab.«

»Vielen Dank.«

»Bis gleich.«

»Je früher, desto besser.« Caroline legte auf und verschränkte die Arme vor der Brust. Sie sah, wie Hunter rot wurde und wegschaute.

»Okay. Ich gebe zu, dass ich mich habe mitreißen lassen, aber ich möchte, dass es perfekt für dich wird, Ice.«

»Das verstehe ich, Hunter, aber du musst etwas nachlassen. Im Ernst, wenn ich nicht die richtigen Blumen aussuche oder was auch immer, bedeutet das nicht das Ende der Welt. Wieso versuchst du, die gesamte Planung in eine Woche zu packen?«

»Wenn wir mitten in der Planung abberufen werden, möchte ich nicht, dass irgendetwas unbedacht bleibt.«

Bei Hunters Worten beruhigte sich Caroline und ihr Ärger verschwand. Natürlich. Sie waren SEALs und könnten jederzeit zu einer Mission abberufen werden. Es gab keine Garantie dafür, dass sie überhaupt zum Hochzeitstermin da wären. Jetzt konnte sie besser verstehen, warum er so versessen darauf war, alles so schnell wie möglich festzulegen. »Okay, das verstehe ich. Ich lasse dich weiter die Planung übernehmen, aber du musst mir versprechen, nachsichtiger mit mir zu sein. Bei mir bei der Arbeit ist momentan die Hölle los und ich kann nicht einfach alles stehen und liegen lassen, um einzukaufen oder Einladungskarten auszusuchen.«

»Okay. Können wir uns an den Wochenenden treffen, um einige der Fragen zu klären?«

»Ja, das klingt gut. Ich gebe dir die Wochenenden, Hunter, aber bitte versuche, dich etwas zu entspannen.«

Cookie lächelte. »Natürlich.«

Caroline verdrehte die Augen und wusste, dass er es nicht ehrlich meinte. Sie müsste es nur schaffen, die nächsten zwei Monate durchzustehen, dann wäre alles vorbei und sie und Matthew wären endlich verheiratet.

KAPITEL DREI

»Dreh dich um, Caroline, damit wir deinen Rücken sehen können«, rief Fiona aufgeregt.

Caroline drehte sich bereitwillig um und zeigte ihren Freundinnen die Rückseite des Kleides, das sie trug. Es schien bereits das tausendste Kleid zu sein, das sie an diesem Tag anprobiert hatte, aber ihre Freundinnen waren unerbittlich. Es fühlte sich für Caroline nicht mehr so an, als würde es hier um *ihr* Kleid gehen. Sie hatte schon so oft Bemerkungen wie »nein, das ist es nicht« und »nicht ganz« gehört, dass sie erwartet hatte, sie würden jetzt dasselbe über dieses Kleid sagen.

Aber das taten sie nicht. Fiona, Alabama und selbst Hunter hatten kaum einen Blick darauf geworfen, und schon waren sie sich einig, dass es das richtige Kleid war. Es war natürlich weiß und trägerlos. Es umschmeichelte ihre Taille und fiel dann in Glockenform nach unten. Es hatte eine Schleppe, die aber nicht zu lang war. Gott sei Dank. Caroline drehte sich um und zeigte ihren Freundinnen ihren Rücken.

»Oh mein Gott. Ja, das ist es«, sagte Alabama atemlos.

Caroline drehte den Kopf um und sah Hunter an. Er hatte getan, worum sie ihn gebeten hatte, und sich im Laufe der Woche zurückgehalten. Aber die letzten Wochenenden waren dafür umso verrückter gewesen. Er hatte sie von einem Termin zum nächsten geschleppt. Und obwohl Caroline Fiona darum gebeten hatte mitzukommen, hatte diese sich geweigert. Sie hatte zu Caroline gesagt: »Ich liebe dich, aber ich wollte dieses Theater schon nicht für meine eigene Hochzeit, also unterstütze ich es auch nicht für die Hochzeit von jemand anderem.« Sie mussten beide lachen und Caroline konnte ihrer Freundin nicht böse sein. Fiona war durch die Hölle gegangen und Caroline würde ihr jeden Freiraum geben, den sie brauchte.

»Hunter? Du bist so still.«

Cookie wandte sich von der Rückseite des Kleides ab, das Fiona für Caroline ausgesucht hatte.

Cookie hatte mit seiner Frau einige lange Gespräche über seine Rolle bei Carolines Hochzeit geführt und Fiona hatte ihm versichert, dass sie mit allem einverstanden war, was er für ihre Freundin tat. Er hatte so viel Glück, Fiona in seinem Leben zu haben. Fiona verstand, dass er und Caroline aufgrund ihrer Rettung aus dem Meer eine tiefe Verbindung hatten. Außerdem gönnte ihm Fiona jede Sekunde der Hochzeitsplanung.

Bevor er Carolines Frage beantwortete, betrachtete Cookie seine Frau mit einem intensiven Blick. »Das Kleid ist perfekt. Allein die Tatsache, dass es furchtbar kompliziert ist, es auszuziehen, wird Wolf den ganzen Tag frustrieren und zugleich anmachen. Aber dann wird er herausbekommen, dass es nur einen Ruck braucht, damit die Schleife sich löst, und er jedes einzelne Band langsam herausziehen kann, bis das Kleid herunterrutscht.«

Die Luft schien zu knistern und Caroline atmete tief ein, wohlwissend, dass Hunter nicht wirklich über sie und Wolf sprach, sondern über seine eigene Frau, die er sich an ihrer Stelle vorstellte.

»Zeit zu gehen«, sagte Cookie plötzlich. Er stand auf und ergriff Fionas Hand. »Alabama, könntest du Caroline bitte nach Hause fahren? Wir haben dringend etwas zu erledigen.« Er zerrte Fiona förmlich aus dem kleinen Laden, hielt aber inne, um seiner Frau einen sinnlichen Kuss direkt vor der Tür zu geben.

Caroline sah Alabama an. »Heilige Scheiße. Ich glaube, es hat ihm wirklich gefallen.«

Sie lachten beide. Der Blick, mit dem Hunter Fiona angesehen hatte, war heiß und der Kuss noch heißer.

»Komm schon, zieh dich um und lass uns gehen, bevor Hunter wieder zu Sinnen kommt und zurückkehrt, um noch mehr Entscheidungen bezüglich der Hochzeit von dir zu fordern«, sagte Alabama mit einem Lachen zu Caroline. »Außerdem möchte ich nach Hause fahren und nachsehen, wie es Christopher geht. Ich bin mir sicher, dass ich ihm bei irgendetwas behilflich sein kann.«

»Oh mein Gott, ihr seid ja Nymphomanen«, meckerte Caroline mit einem Grinsen.

»Als wärt ihr das nicht«, schimpfte Alabama zurück.

Caroline lächelte nur. Ja, Alabama hatte recht. Jedes Mal wenn sie mit Matthew schlief, schien es immer noch besser zu werden.

»Jetzt, wo ich darüber nachdenke, wir haben doch noch etwas Zeit, oder nicht?«

Die beiden Frauen schälten Caroline, so schnell

sie konnten, aus dem Kleid. Caroline machte eine Anzahlung für das schöne Kleid und versprach, bald anzurufen, um einen Termin für die Anprobe zu vereinbaren, obwohl nicht allzu viel geändert werden musste, um es perfekt zu machen.

Alabama und Caroline verließen Arm in Arm den Laden. »Danke, dass du heute mitgekommen bist, Alabama«, sagte Caroline mit ernster Miene zu ihrer Freundin.

»Das hätte ich um keinen Preis der Welt verpassen wollen.«

»Im Ernst, Hunter, es ist doch nicht meine Schuld, dass es dich so angemacht hat, sodass du nach Hause fahren musstest, um den Rest des Tages damit zu verbringen, Fiona zu zeigen, wie sehr du sie liebst.«

»Wie dem auch sei, Ice, wir müssen mit dieser Scheiße endlich fertig werden.«

Caroline hatte kein Mitleid mit Hunter. »Nein, du hast mir die Wochenenden versprochen und es ist noch nicht Wochenende. Es ist Freitag. Ich muss noch bis um vier arbeiten. Danach können wir uns treffen.«

Cookie seufzte. Er wusste, dass er unvernünftig war, aber er wollte, dass es erledigt war. Sobald alles fertig wäre, könnte er sich entspannen und die Hochzeit genießen. »Aber wir müssen das Menü auswählen, und der einzige freie Termin ist heute um eins.«

»Dann such *du* es aus, Hunter.«

»Wirklich?«

Caroline schüttelte nur verärgert den Kopf, wissentlich, dass er es durchs Telefon nicht sehen konnte. »Ja, wirklich. Es ist mir egal, was es zu essen gibt. Sorg einfach dafür, dass es schmeckt, dass genug für alle da ist und dass es eine Auswahl gibt. Es muss etwas für Vegetarier und für Leute geben, die Fleisch mögen, und etwas Hühnchen ... was auch immer. Übertreibe es einfach nicht.«

»Würde ich das jemals tun?«, fragte Cookie und versuchte, besonders unschuldig zu klingen.

»Zum Teufel, ja, das würdest du. Im Ernst, wähle einfach etwas aus, Hunter.«

»Okay. Was ist mit *Inevitable* von Anberlin?«

»Ich überlege noch, Hunter.«

»Aber der Termin rückt immer näher und du hast noch kein Lied ausgewählt. Ich will nur helfen.«

»Damit hilfst du mir nicht.« Caroline konnte das Lachen in Hunters Stimme hören.

»Also gut. Aber Ice?«

»Ja?« Caroline war auf alles vorbereitet.

»Vielen Dank.«

»Wofür?«

»Dass ich dir helfen darf. Dafür, dass du mir das gegeben hast.«

Caroline lächelte. Es gefiel ihr sehr, dass sie Hunter das geben *konnte*. Sie hatte vielleicht keine Eltern mehr, aber Hunter war fest entschlossen, ihre Hochzeit perfekt zu machen. Er wollte dafür sorgen, dass es ihr an nichts fehlte, was andere auf einer traditionellen Hochzeit haben könnten. Dafür liebte sie ihn. »Bitte. Und jetzt kümmere dich darum, dass wir auf der Feier etwas Ordentliches zu essen bekommen.«

»Wird gemacht.«

Caroline schaltete das Telefon aus und legte den Kopf auf den Schreibtisch. Zum hundertsten Mal wünschte sie sich, die Hochzeit wäre schon vorbei. Um ehrlich zu sein, gefiel es ihr aber auch, diese Erfahrung mit Hunter teilen zu können, selbst wenn er sich wie ein Verrückter aufführte. Sie hatte keine Ahnung, was sie getan hätte, wenn sie sich allein hätte darum kümmern müssen.

»Es ist dir wirklich egal, dass Hunter die gesamte Planung unserer Hochzeit übernimmt?«, fragte Caroline Matthew an diesem Abend ernst. Sie hatte viel darüber nachgedacht und Matthew hatte nicht wirklich viel zu den Vorbereitungen gesagt oder darüber, wie sehr Hunter sich einmischte.

»Es ist mir wirklich egal.«

»Aber du hast gesagt, du willst eine große Hochzeit«, drängte Caroline.

»Und das tue ich.«

»Aber ...«

»Ich will eine große Hochzeit, aber es interessiert mich nicht, wer das alles organisiert. Ich habe mich vielleicht mit Cookie über die Hochzeitspläne unterhalten, aber ehrlich gesagt war ich nie besonders scharf darauf, die ganze Arbeit dafür zu erledigen. Ich bin verdammt froh, dass er die Hochzeit planen kann, die er immer haben wollte.«

»Er treibt mich in den Wahnsinn.«

Wolf lächelte und zog Caroline näher. Sie lagen ausgebreitet in ihrem großen Bett, nachdem sie sich geliebt hatten. Sie kuschelte sich an seine Seite, hatte ein Bein über seinen Oberschenkel gelegt und ihren Kopf auf seine Schulter. Einen Arm hatte sie angezogen und der andere lag auf seiner Brust und spielte müßig mit seiner Brustwarze. Er liebte es.

»Ich weiß.«

Caroline hob den Kopf und starrte Matthew an. »Das weißt du?«

»Natürlich weiß ich das. Du erzählst mir jeden Sonntagabend, wie froh du bist, dass das Wochenende vorbei ist. Aber Ice, du wirst wunderschön sein, die Hochzeit wird wunderschön werden, meine Eltern werden weinen, du wirst weinen, deine Freundinnen werden weinen, wir werden den ganzen Abend feiern und dann werde ich die ganze Nacht mit meiner frischgebackenen Frau schlafen. Ich denke, diese Aussicht ist es wert, dass Cookie dich jedes Wochenende verrückt macht.«

»Du bist ein Idiot«, sagte Caroline mit einem Lachen, offensichtlich, ohne es ernst zu meinen. Sie legte den Kopf zurück auf Matthews Schulter.

Sie wechselte das Thema und fragte: »Hast du eine Idee für ein Lied für unseren ersten Tanz?« Caroline wusste, es ärgerte Hunter, dass sie noch kein Lied ausgewählt hatte. Sie war nicht gut darin, aber sie wusste, dass *sie* eine Entscheidung treffen wollte. Wenigstens bei dieser einen Sache wollte *sie* entscheiden, zu welchem Lied sie und Matthew zum ersten Mal als Mann und Frau tanzen würden.

»Nein.«

»Nein?«

»Nein, es ist mir egal, wofür du dich entscheidest.«

»Aber es ist unser erster Tanz.«

Wolf drehte sich herum, bis Caroline wieder unter ihm lag. Er rückte hin und her, bis seine Hüften direkt auf ihren lagen. Er spürte, wie feucht sie noch von ihrem Liebesspiel war, und Wolf wurde sofort wieder hart. In der Nähe von Caroline fühlte er sich wie ein Teenager und nicht wie ein vierzigjähriger Mann, der es pro Nacht nur noch ein Mal schaffen würde, eine Erektion zu bekommen.

»Wenn die Zeit für unseren ersten Tanz kommt, werde ich die Musik ohnehin nicht hören. Ich werde mich darüber freuen, dass ich dich endlich als meine Frau in den Armen halten kann. In deinem Hochzeitskleid wirst du wunderschön aussehen und ich werde höchstwahrscheinlich versuchen, den schnellsten Weg zu finden, um dich aus dem Ding herauszuholen. Hin und wieder werden wir stolpern, du wirst mich anlächeln und ich werde mich bemühen müssen, nicht mit meinem Schwanz zu denken und vor unseren Freunden keinen Ständer zu bekommen. Also, es ist mir egal, welches Lied du für unseren ersten Tanz auswählst.«

»Heilige Scheiße«, hauchte Caroline, als sie spürte, wie Matthew sich gegen sie drückte. »Okay.«

Als Matthew sich nicht weiter bewegte und auch nichts mehr sagte, fuhr sie fort: »Ich bin froh, dass wir dieses Gespräch geführt haben ... ich will dich.«

Wolf lächelte. Ja, Caroline wollte ihn. Er konnte fühlen, wie sehr. Sie rutschte unter ihm hin und her und strich mit ihren Händen über seinen Rücken, bis sie ihn am Hintern festhielt und langsam in sich hineinschob. »Möchtest du mir noch etwas über die Hochzeit erzählen?«

»Äh ... hä? Ach nein. Matthew, bitte ...« Caroline drückte den Rücken durch, als Matthew langsam in ihre feuchte Mitte eindrang.

»Wir könnten noch über etwas anderes reden, wenn du willst. Das Menü? Die Dekoration? Partyspiele?«, neckte Wolf, als er sich zurückzog, bevor er härter als beim ersten Mal zustieß.

»Nein, es ist schon okay, ich habe es verstanden.«

Wolf hörte auf, Caroline über die bevorstehende Hochzeit aufzuziehen, und machte sich daran, ihr etwas Freude zu schenken. Nicht dass das schwer gewesen wäre. Er liebte es, dass Caroline immer willig war, das zu tun, was er wollte. Sie sagte niemals Nein und war immer bereit, mit ihm zu spielen. Und so machte Wolf sich daran, mit seiner Frau zu spielen.

KAPITEL VIER

»Alabama, ich habe keine Ahnung, welches Lied wir für unseren ersten Tanz auswählen sollen«, beklagte sich Caroline bei ihrer Freundin. »Ich weiß, dass Hunter wahrscheinlich auch ein großartiges Lied aussuchen würde, aber das ist die eine Sache, die ich selbst entscheiden möchte. Ich habe jedoch keine Ahnung, was ich nehmen soll.« Caroline war bewusst, dass sie jammerte, sie hatte aber keine Ahnung, wie sie damit aufhören sollte. »Hilf mir, Alabama! Bitte mach mir ein paar Vorschläge.«

»Okay, mal sehen ... du könntest einen Oldie nehmen ... *Only Fools Rush In* von Elvis?«

Caroline rümpfte die Nase und schüttelte den Kopf. »Ich glaube nicht, dass ich mich jemals entscheiden kann. Wie wäre es damit? Du nennst mir schnell hintereinander die Lieder, die dir in den Sinn kommen, und ich werde sehen, ob mich eines davon beeindruckt.«

»*Amazed* von Lone Star, *Here and Now* von Luther Vandross, *Steady As We Go* von Dave Matthews, *You Won't Ever Be Lonely* von Andy Griggs, *Wonderful Tonight* von Eric Clapton, *From This Moment* von Shania Twain, *Your Arms Feel Like Home* von 3 Doors Down, *Grow Old With Me* von John Lennon, *Could I Have This Dance* von Anne Murray, *I'll Be There For You* von Bon Jovi, *Evergreen* von Barbra Streisand, *Loving You Forever* von New Kids on the Block, *Because You Loved Me* von Celine Dion oder *Everything I Do, I Do For You* von Bryan Adams.« Alabama musste Luft holen.

»Es ist hoffnungslos«, stöhnte Caroline. »Jedes dieser Lieder ist großartig. Sie sind alle verdammt romantisch und wären wunderbar für unseren ersten Tanz geeignet.«

»Aber keines ist wirklich das, was du willst, oder?«, jammerte Alabama.

»Nein. Aber das ist ja das Problem. Ich weiß nicht, was ich will.«

»Ich denke, du wirst es wissen, wenn du das richtige Lied hörst, Caroline.« Alabama versuchte, ihre Freundin zu beruhigen.

»Aber die Zeit läuft davon. Im Ernst!«

Fiona fasste Caroline an die Schultern und schüttelte sie leicht. »Entspann dich, Caroline. Du. Wirst. Es. Herausbekommen.«

»Du hast recht. Scheiße. Ich meine, ich wurde von Terroristen entführt, da sollte ich mich von so etwas doch nicht verrückt machen lassen, richtig?«

»Richtig.«

»Es ist doch keine große Sache. Ich wähle einfach ein Lied aus. Was auch immer. Nein, ich lasse Hunter eines für mich auswählen. Dann bin ich diese Sorge los.« Caroline sah Alabamas zweifelnden Blick und seufzte. »Okay, das werde ich nicht tun. Das möchte ich nicht. Ich werde mich entscheiden.«

»Komm schon, lass uns ein Eis essen gehen oder so. Das wird dir helfen, dich zu entspannen.«

»Jede Entschuldigung, um ein Eis zu essen, ist okay für mich.« Caroline lächelte Alabama an. »Danke, dass du für mich da bist.«

»Natürlich Caroline. Ich wäre nirgendwo lieber als hier. Komm schon.«

Caroline werkelte in der Küche herum und bereitete einen Salat fürs Abendessen zu. Sie wusste, dass sie mit Matthew über ein unangenehmes Thema sprechen musste, war sich aber nicht sicher, wie sie anfangen sollte. Sie hatte eine ganze Weile darüber nachgedacht, ohne dass ihr eingefallen wäre, wie sie es Matthew gegenüber ansprechen sollte. Schließlich beschloss sie, einfach geradeheraus zu sagen, was ihr auf dem Herzen lag. Vielleicht wäre es einfacher, wenn sie beide mit etwas anderem beschäftigt waren.

»Hey Matthew, ich muss mit dir etwas wegen der Hochzeit besprechen.«

Wolf sah von dem Steak auf, das er in der Pfanne briet. »Schieß los.«

Caroline biss sich auf die Lippe und sah auf die grüne Paprika, die sie gerade schnitt. Jetzt oder nie. Ihre Worte schossen förmlich aus ihr heraus. »IchwerdeHuntersSEALAnstecknadelalsmeinetwasAltestragen.« Caroline spürte, wie die Luft im Raum zu gefrieren begann. Sie hatte geahnt, dass es Matthew nicht gefallen würde. Sie wusste nicht genau, warum es Matthew nicht gefiel, dass sie Hunters Anstecknadel tragen wollte, aber Caroline wusste, dass es für ihn eine große Sache war. Sie wusste nur nicht warum.

Schnell fuhr sie fort, ohne Matthew anzusehen. »Ich dachte, weil er den Anstecker schon lange hatte, bevor er ihn mir gegeben hat, eignet er sich als etwas Altes. Ich meine, da er ihn mir gegeben hat, kann ich ihn ja nicht als etwas Geliehenes verwenden, also ...« Plötzlich wurde Caroline das Messer aus der Hand genommen, mit dem sie das Gemüse geschnitten hatte, und sie wurde herumgedreht.

Wolf drehte Caroline zu sich, bis sie ihn ansah. Er wusste, dass er das schon längst hätte mit ihr klären sollen, aber er hatte es nicht zur Sprache bringen wollen. »Ice, du weißt, was unsere Anstecknadeln für uns bedeuten, oder?« Bei ihrem langsamen Nicken, aber verwirrten Gesichtsausdruck wusste Wolf, dass sie log. Caroline wusste nicht genau, was für eine Bedeutung der SEAL-Anstecker hatte. Er fuhr fort: »Ich ...« Wolf blieben die Worte im Halse stecken.

Seit er erfahren hatte, dass Cookie Caroline seine SEAL-Anstecknadel gegeben hatte, als sie im Krankenhaus lag, war er unglücklich darüber. Er hätte ihr *seinen* Anstecker geben sollen. Er war damals ein Arsch gewesen und hatte versucht, Caroline zu vergessen. Abe hatte auf ihn eingeredet, bis er begriffen hatte, dass er sie niemals vergessen könnte und dass er Caroline in seinem Leben brauchte. Aber noch bevor er so weit gewesen war, das einzusehen, hatte Cookie sie bereits besucht und ihr auf seine eigene Weise die Treue geschworen. Es zehrte an Wolfs Ehrgefühl zu wissen, dass Caroline die Anstecknadel eines anderen Mannes besaß.

Wolf liebte Cookie wie einen Bruder, aber das änderte nichts an seinen Gefühlen. Wolf liebte Fiona ebenfalls wie eine Schwester und wusste, dass Carolines Beziehung mit Cookie nicht anders geartet war, und doch hasste er es. Tief in seinem Herzen wusste Wolf, dass Caroline die Seine war, dass Cookie das wusste und dass Caroline ebenfalls so empfand. Aber die Tatsache, dass sie Cookies Anstecker hatte, störte ihn trotzdem.

Es war nicht rational, aber es waren seine Gefühle. Wolf räusperte sich und versuchte weiterzureden, versuchte, Caroline seine Gefühle zu vermitteln, ohne dabei wie ein eifersüchtiger Esel zu klingen. »Ich habe es an diesem Tag gründlich vermasselt.« Als Caroline den Kopf schüttelte, legte er seinen Finger auf ihre Lippen. »Bitte, lass mich ausreden.« Sie nickte und Wolf fuhr fort.

»Ich habe es versaut. Ich hatte beschlossen, dass es dir ohne mich besser gehen würde, und mein Freund und Teamkollege hat getan, was ich hätte tun sollen. Ich weiß, dass du zu mir gehörst, ich weiß, dass du mich liebst, aber es frisst mich innerlich auf, dass du *seine* Anstecknadel hast.«

Wolf wusste, dass er es endlich aussprechen musste, aber er wusste nicht, wie er anfangen oder wie er es ausdrücken sollte. Er legte Caroline eine Hand in den Nacken und die andere um ihre Taille. Er zog sie in eine Umarmung und legte seine Stirn an ihre. »Ich liebe dich, Ice, und es macht mir verdammte Angst, wie verletzlich du mich machst. Emotional und körperlich. Wenn jemand dein Leben bedroht, würde ich sofort jede Waffe ablegen und denjenigen bitten, mich anstelle von dir zu nehmen.«

»Matthew ...«

»Schhhh, lass mich das aussprechen, bitte.« Auf ihr Nicken hin fuhr er fort: »Diese Anstecknadeln sind für uns SEALs eine verdammt wichtige Sache. Wir reißen uns den Arsch auf, um endlich diese Bestätigung für all die harte Arbeit zu bekommen. Darüber hinaus ist es auch eine Bestätigung, dass wir Teil der SEAL-Bruderschaft sind. Du kennst das Sprichwort: ›Ein SEAL lässt einen anderen SEAL niemals zurück.‹«

Caroline nickte erneut.

»Ich weiß, dass ich dich damals zurückgelassen habe, und es bringt mich um. Ich versuche, die richtigen Worte zu finden, damit du es verstehst. Ich weiß, dass ich mich oberflächlich wie ein Höhlenmensch anhören muss und dass ich eifersüchtig klinge. Und das ist vielleicht auch ein Teil der Wahrheit, aber da ist noch mehr. Dass du Cookies Anstecker hast, ist so, als würde ich einen Ring an einer Kette um den Hals tragen, den mir eine andere Frau gegeben hat.«

Als Caroline plötzlich tief Luft holte, festigte Wolf seinen Griff kurz und entspannte ihn dann wieder. Er wollte ihr nicht wehtun, aber er musste es ihr verständlich machen. »Ja, niemand würde es sehen, aber du wüsstest, dass er da wäre. Selbst wenn er mir nur als Zeichen der Freundschaft gegeben worden wäre und mir nichts anderes bedeuten würde als Freundschaft. Du wüsstest trotzdem, dass er da wäre.«

»Ich verstehe es, Matthew. Das tue ich wirklich. Morgen werde ich Hunter den Anstecker zurückgeben.«

»Nein. Ich möchte nicht, dass du ihn zurückgibst.« Bei dem verwirrten Ausdruck auf Carolines Gesicht seufzte Wolf und trat einen Schritt zurück. Er beugte sich zur Seite und stellte den Herd ab.

Wenn die Steaks jetzt ruiniert wären, dann sei es drum. Wolf nahm Carolines Hand und führte sie zur Couch. Wenn sie sich in den Armen hielten, schien ihm jedes Gespräch leichter zu fallen.

Wolf nahm Platz und wartete, bis Caroline sich neben ihn setzte und sich dann in seine Arme sinken ließ. Er legte seinen Arm um ihren Rücken und fuhr mit der anderen Hand durch ihre Haare.

»Ich möchte nicht, dass du den Anstecker zurückgibst. Das würde Cookie verletzen. Er hat ihn dir gegeben, weil er etwas bedeutet. Als er dich aus dem Meer gezogen hat, habt ihr ein paar ziemlich emotionale Momente durchgemacht. Darauf beruht eure Verbindung. Ich wäre ein Arschloch, wenn ich euch das wegnehmen würde. Ich sage es geradeheraus, Caroline. Ich möchte, dass du *meine* Anstecknadel bei unserer Hochzeit trägst. Ich will sie dir geben und ich möchte, dass du sie dicht an deinem Herzen trägst.«

»Warum hast du mir das nicht schon früher erzählt?«

»Weil ich mich dabei wie ein Arschloch anhöre.«

»Nein. Das tust du nicht.«

»Dann *fühle* ich mich eben wie ein Arschloch. Als ob ich mit meinem Freund im Wettbewerb stehe, obwohl ich weiß, dass es nicht so ist. Ich kann es nicht erklären, aber es ist fast so, als würde ich meinen Ring an deinen Finger stecken. Dieser Anstecker ist unfassbar wichtig für mich. Ein SEAL zu sein ist ein Teil meines Lebens, und dir diese Anstecknadel zu geben ist so, als würde ich dir ein Stück von mir geben.«

»Ich werde Hunters Nadel nicht tragen.«

Wolf seufzte. »Danke, Baby.«

»Ich wusste, dass du nicht begeistert von der Idee sein würdest, aber ich habe es nicht verstanden. Ich wünschte, du hättest mir früher etwas gesagt. Ich mag es nicht, wenn du dich so fühlst und dir nicht von mir helfen lässt.«

»Ich weiß, das hätte ich tun sollen. Aber je mehr Zeit verging, desto schwieriger wurde es, etwas dazu zu sagen. Ich wollte es nicht aus heiterem Himmel zur Sprache bringen. Ich liebe dich, Ice. Es wäre mir eine Ehre, wenn du meine SEAL-Anstecknadel an unserem Hochzeitstag als ›etwas Altes‹ tragen würdest.«

»Das werde ich, Matthew. Das verspreche ich.«

»Hungrig?«

Caroline lachte. »Ja.«

»Okay, dann steh auf und lass uns etwas zu essen machen.«

Wolf wusste, dass er glimpflich davongekommen

war, aber so war seine Caroline. Auf keinen Fall würde sie ihn in seiner Eifersucht schmoren lassen. Sie hatte ihm zugehört, verstanden, wie er sich fühlte, und sofort nachgegeben. Kein Drama. Das war einer der Millionen Gründe, warum er sie liebte.

KAPITEL FÜNF

»Es sieht so aus, als wäre alles erledigt, Ice.«

Caroline nickte Hunter zu. Sie hatten den letzten Monat über sehr hart gearbeitet, um alles für die Hochzeit vorzubereiten. Okay, eigentlich hatte Hunter den größten Teil der Arbeit gemacht, aber er hatte sich für die meisten Arrangements Carolines Zustimmung geben lassen. Nur bei der Frage, wer sie zum Altar führen sollte, war Caroline einmal zusammengebrochen. Ihr Vater war nicht da und es traf Caroline sehr schwer, dass er nicht mehr miterleben konnte, wie sein kleines Mädchen die Liebe ihres Lebens heiratete. Schließlich hatte sie beschlossen, dass sie allein den Gang entlangschreiten würde. Caroline machte es nichts aus, sie war schon seit Langem unabhängig.

»Wir müssen nur noch das Lied für den ersten Tanz und die Arrangements für den Tag festlegen.« Cookie sah Caroline erwartungsvoll an. Er hatte sie schon vor einem Monat gebeten, sich für ein Lied zu entscheiden, und sie hatte sich immer noch nicht festgelegt. Es war bereits zu einer Art Scherz zwischen den beiden geworden.

»Hunter, ich werde mich für ein Lied entscheiden, bevor der Tag gekommen ist. Mach dir keine Sorgen.« Caroline versuchte, Hunter zu beruhigen, aber in Wahrheit war sie wegen des ersten Tanzes höllisch nervös. Sie wollte Hunter aber nicht weiter damit beunruhigen.

»Was ist, wenn der DJ das nicht in seiner Playlist hat? Du musst es ihm vorher sagen, damit er sich darauf vorbereiten kann.«

»Ich sagte doch, ich werde mich rechtzeitig entscheiden.« Carolines Stimme war gereizt. Sie verlor schnell die Geduld.

Cookie wusste, dass er sich auf dünnem Eis befand, und wechselte das Thema. »Okay, dann also der Tagesablauf. Du, Alabama und Fiona geht in die Kirche und macht euch dort fertig, richtig?«

Caroline nickte und entspannte sich wieder, jetzt, da Hunter von dem Thema der Liedauswahl abließ. Sie liebte die Kirche, die sie ausgewählt hatten. Sie selbst war nicht besonders religiös, mochte aber den Gedanken, in einem Gotteshaus zu heiraten. Matthew hatte auch keine Kirche, zu der er regelmäßig ging, und hatte ihr versichert, dass er sie in jeder Art von Kirche heiraten würde, solange sie nur heirateten.

Caroline und Hunter hatten sich vor ihrer Entscheidung mehrere Kirchen in Riverton angesehen. Die Kirche, für die sie sich schließlich entschieden hatten, hatte eine leuchtend rote Tür, was in Carolines Augen den Ausschlag gegeben hatte. Den Mut zu haben, die Tür eines religiösen Gebäudes leuchtend rot zu streichen, hatte irgendetwas, das Caroline ansprach. Matthew und sie wussten, dass es nicht üblich war, Leuten zu erlauben, in einer zufällig ausgewählten Kirche zu heiraten, wenn sie nicht Mitglied der Gemeinde waren. Also hatten sie sich mit der Pastorin getroffen und sie hatte zugestimmt, sie zu trauen.

Cookie fuhr fort, den Zeitplan für Carolines Hochzeitstag durchzugehen. »Während ihr Mädchen euch in der Kirche fertig macht, werden Wolf, ich und der Rest der Jungs uns in seinem Haus treffen. Dann nehmen wir die Limousine …«

Caroline verdrehte die Augen. Sie konnte immer noch nicht glauben, dass sich die großen, bösen

SEALs eine Limousine mieteten. Es schien wie eine normale Sache, aber für ihren Mann und sein Team war es alles andere als normal.

»... und werden ungefähr dreißig Minuten vor der Hochzeit in der Kirche eintreffen. Ich möchte nicht riskieren, dass Wolf dich vor der Zeremonie in deinem Kleid sieht. Das bringt Unglück, du weißt schon.«

Es sollte Unglück bringen, aber Caroline hatte sich geweigert, die Nacht vor ihrer Hochzeit nicht mit Matthew zu verbringen. Sie hatte nur gesagt, dass es eine dumme Tradition wäre, und Hunter erklärt, dass sie schon genügend Nächte ohne Matthew verbringen musste, wenn er auf Mission war. Sie würde die Nacht vor ihrer eigenen Hochzeit also verdammt noch mal nicht ohne ihn sein. Zum Glück hatte Hunter ohne weiteres Theater nachgegeben. Aber er wollte sich nicht damit abfinden, dass Matthew sie vor der Zeremonie in ihrem Kleid sah. Caroline hatte sich schließlich darauf eingelassen, solange sie nicht die Nacht ohne Matthew verbringen musste, und sich mit den anderen Traditionen einverstanden erklärt.

»Bilder machen wir nach der Hochzeit, während die Gäste zum Empfang fahren. Während sie auf uns warten, werden Häppchen gereicht und die Bar wird ebenfalls offen sein. Du und Wolf fahrt mit der Limousine zum Empfang und der Rest von uns kommt mit unseren Wagen hinterher.«

»Wie kommen denn eure Wagen zur Kirche?«, fragte Caroline. Sie kannte die Antwort, wollte es aber von Hunter noch einmal bestätigt wissen.

»Wir werden sie am Abend vorher dort abstellen.«

Caroline lächelte. Hunter war lustig. Er hatte keine Ahnung, dass sie ihn aufzog.

»Dann, nach dem Empfang, verabschiedest du dich mit Wolf in die Flitterwochen.«

»Ja, wo wir gerade davon sprechen. Ich weiß gar nicht, wo wir hinfahren.« Matthew hatte sich geweigert, es ihr zu verraten. Caroline hoffte auf einen weißen Stand und viel Sonne, vielleicht Maui. Aber selbst mithilfe von Betteln und sogar nach einer besonders intensiven Nacht im Bett hatte er sich geweigert, es ihr zu erzählen.

»Fiona wird für dich packen.«

Caroline stöhnte. Sie hatte gehofft, die Ausrede mit dem Packen verwenden zu können, um jemanden zu überreden, es ihr zu verraten.

»Der Kommandant hat ihm die Woche freigegeben, oder?« Caroline wollte sichergehen, dass sie und Matthew sich entspannen konnten, ohne sich

Sorgen machen zu müssen, dass er abberufen wurde.

»Ja, Kommandant Hurt weiß, dass Wolf heiratet. Er hat zugestimmt, dass wir alle eine Woche freihaben können. Ich werde eine zweite Hochzeitsreise mit Fiona machen und Abe hat dasselbe mit Alabama vor. Ich denke, Mozart macht sich wieder auf den Weg nach Big Bear Lake, und wer weiß, was die anderen vorhaben. Fazit ist aber, dass du dir keine Sorgen machen musst, dass eure Flitterwochen unerwartet unterbrochen werden. Du und Wolf habt die ganze Woche für euch.«

Caroline lächelte. Gott sei Dank.

Da Hunter gerade in einer milden Stimmung war, wusste Caroline, dass jetzt ein guter Zeitpunkt wäre, das Thema mit seiner SEAL-Anstecknadel anzusprechen. Wenn es Matthew so viel bedeutete, musste sie mit Hunter darüber sprechen.

»Hunter, ich möchte mit dir über etwas reden.«

»Okay, na dann los, Ice.«

»Es geht um die SEAL-Anstecknadel, die du mir gegeben hast.«

Cookie wandte seine ganze Aufmerksamkeit Caroline zu. »Ich höre.«

»Weißt du, es bedeutet mir sehr viel ...« Viel

mehr brachte sie nicht heraus, bevor Hunter sie unterbrach.

»Wolf hat endlich mit dir darüber gesprochen?«

Caroline sah Hunter schief an. »Jaaa ...« Sie sprach das Wort aus und fragte sich, worauf Hunter hinauswollte.

Cookie beugte sich vor und nahm Carolines Hände in seine. »Ich wusste, dass das früher oder später passieren würde, Ice. Wolf war nie froh darüber, dass du meine Anstecknadel hast. Verdammt, er hat mal versucht, mir zu befehlen, sie zurückzunehmen, aber ich habe mich geweigert.«

»Ich verstehe nicht.«

»Ice, du und ich haben etwas durchgemacht, das ich in meinem ganzen Leben nie vergessen werde. Ich bin ein kampferprobter Navy SEAL, aber ich war noch nie zuvor so beeindruckt gewesen wie von dir, als wir in diesem Meer trieben. Du bist nicht in Panik geraten, du warst stark und dein erster Gedanke, nachdem du aus dem Meer gezogen worden warst, galt Wolf.«

Caroline nickte und wartete darauf, dass Hunter klarmachte, worauf er hinauswollte.

»Ich habe dir meine Anstecknadel gegeben, weil du dich als Teil unseres Teams bewiesen hast. Du hattest sie verdient und ich war froh, dir etwas geben zu können, das mir selbst so viel bedeutet hat.«

»Aber?« Caroline wusste, dass Hunter noch mehr zu sagen hatte.

»Aber jetzt heiratest du. Wolf ist dein Mann und er ist nicht glücklich darüber, dass du meine Anstecknadel hast.«

Caroline hatte es verstanden. »Es ist so, Hunter, das soll nicht gemein klingen, aber in Bezug auf diese Angelegenheit hat Matthew kein Mitspracherecht.« Sie hob die Hand, als es so aussah, als wollte Hunter etwas sagen. »Ich liebe den Mann mehr als mein eigenes Leben, aber ich glaube nicht, dass er das Recht hat, dir zu sagen, dass du deine Anstecknadel zurücknehmen sollst, oder mir, dass ich sie zurückgeben soll. Trotzdem glaube ich, dass es richtig ist, wenn ich sie dir wiedergebe.«

Cookie sagte nichts, sondern sah Caroline weiter an.

»Als du sie mir gegeben hast, wusste ich nicht, wie viel dieser Anstecker den SEALs bedeutet. Aber jetzt, wo ich das tue ...« Caroline holte tief Luft. »Ich weiß nicht wirklich, wie ich das sagen soll, und es kommt bestimmt falsch heraus.«

»Ist schon okay, Ice«, beruhigte Cookie sie.

»Also, es ist so. Du hast jetzt deine eigene Frau.

Auch wenn ich weiß, dass Fiona die Sache mit der Anstecknadel nicht wirklich versteht, ist es mir unangenehm, deinen Anstecker zu besitzen, jetzt, wo *ich* es weiß. Macht das Sinn?«

Cookie griff nach Caroline und zog sie in seine Arme. »Es macht Sinn.« Seine Worte waren leise, aber gefühlvoll.

»Ich brauche deine Anstecknadel nicht, um zu wissen, dass wir eine Verbindung haben, Hunter. Du wirst immer einen besonderen Platz in meinem Herzen haben. Wir müssen uns gegenseitig keinen Schmuck geben, um das zu beweisen.« Caroline machte eine Pause und fuhr dann fort, um die Stimmung etwas zu heben: »Es sei denn, du möchtest, dass ich dir ein Freundschaftsarmband gebe oder so was.«

Der letzte Satz hatte die beabsichtigte Wirkung, und die Stimmung hellte sich wieder auf.

Cookie zog sich zurück, küsste Caroline auf die Stirn und ließ sie los. »Es ist kein Austausch von Schmuck notwendig.«

Caroline lächelte Hunter an. »Danke für dein Verständnis. Wirst du mit Fiona sprechen und es ihr erklären? Ich kann nicht ... ich will nicht, dass sie ...«

»Ich werde es ihr erklären.«

Caroline seufzte erleichtert. Hunter verstand

ihre Bedenken, ohne dass sie sie laut aussprechen musste. Sie wollte ihre Freundschaft mit Fiona nicht aufs Spiel setzen nach allem, was sie zusammen durchgemacht hatten. Besonders nicht wegen etwas, das Fiona nichts bedeutete, zumindest nicht auf diese Weise. »Ich werde dir deinen Anstecker zurückgeben, wenn wir uns das nächste Mal sehen.«

»Was morgen sein wird. Wir müssen die Partyspiele festlegen.«

Caroline verdrehte die Augen. »Richtig.«

»Und du wirst dich bis heute Abend für ein Lied entschieden haben, okay?«

Caroline biss sich auf die Lippe. »Okay.« Beide wussten, dass sie es nicht tun würde, aber zum Glück ließ Hunter sie so davonkommen.

KAPITEL SECHS

Nachdem das Drama um die SEAL-Anstecknadel endlich erledigt war, vergingen die folgenden Wochen für Caroline wie im Flug. Hunter hatte die restlichen Hochzeitsplanungen abgeschlossen und endlich war der große Tag gekommen. Caroline war Hunter sehr dankbar für die harte Arbeit, die er für sie und Matthew geleistet hatte. Sie wusste, dass sie niemals die Geduld gehabt hätte, ihren Hochzeitstag so liebevoll zu gestalten, wie Hunter es getan hatte.

Jetzt stand Caroline zusammen mit ihren zwei besten Freundinnen in dem kleinen Zimmer in der Kirche und bereitete sich darauf vor, die Liebe ihres Lebens zu heiraten.

»Dreh dich um, Caroline, ich schnüre das Kleid zu«, sagte Fiona.

Caroline hielt das Korsett ihres Hochzeitskleides fest und drehte sich zu Fiona um. »Vielen Dank, dass ihr heute hier bei mir seid.«

»Für nichts auf der Welt würden wir das verpassen«, sagte Alabama ernst.

»Ich weiß, dass wir uns noch nicht so lange kennen, aber ihr seid die besten Freundinnen, die ich je hatte. Ich bin so froh, dass wir uns so gut verstehen.« Caroline konnte nicht anders, als zu ergänzen: »Ich hoffe nur, dass der Rest der Jungs nicht bei einer dieser Schlampen hängen bleibt. Ich meine, einige der Weiber, mit denen sie ausgegangen sind, waren wirklich schrecklich. Könntet ihr euch vorstellen, dass wir uns den Rest unseres Lebens mit einer von denen abfinden müssten?«

»Hör auf, Caroline, im Ernst, du machst mich fertig«, sagte Fiona und zog das Korsett extra etwas fester.

»Können wir jetzt aufhören, über Schlampen zu reden, und anfangen, uns darüber zu freuen, wie großartig diese Hochzeit werden wird?«, fragte Alabama sachlich.

»Fiona, ich schwöre bei Gott, du hast die richtige Entscheidung getroffen, als du nach Las Vegas geflüchtet bist, um zu heiraten«, sagte Caroline ernst zu ihrer Freundin. »Ich meine, ich liebe deinen

Mann wie einen Bruder, aber in den vergangenen zwei Monaten hat er mir den letzten Nerv geraubt.«

Fiona musste lachen, während sie die Bänder an Carolines Korsett in einer großen Schleife zusammenband. »Ich weiß. Die Art und Weise, wie er über deine Hochzeit gesprochen hat, hat mich in meiner Entscheidung, wegzulaufen und in Las Vegas zu heiraten, noch einmal bestätigt.«

Caroline drehte sich zu Fiona um, als diese fortfuhr: »Aber Caroline, ich werde für immer in deiner Schuld stehen, dass du ihm das gegeben hast. Wenn ich gewusst hätte, wie wichtig ihm das alles ist, hätte ich in den sauren Apfel gebissen und ihn dasselbe für uns machen lassen, egal wie unangenehm es mir gewesen wäre.«

Ohne zu zögern, beugte Caroline sich vor und nahm Fiona in die Arme. »Da bin ich froh, dass du das nicht durchmachen musstest. Ich habe die Hilfe wirklich gebraucht und Gott weiß, dass es niemand besser gemacht hätte als er.« Carolines Worte waren ehrlich und kamen von Herzen.

»Zweifellos«, mischte Alabama sich ein.

Die drei Frauen lachten.

»Jetzt schaut uns an«, sagte Caroline ernst. »Ihr beide seid wunderschön. Diese Kleider sind fantastisch. Hunter weiß wirklich, was Frauen steht. Lila steht euch beiden wirklich gut. Und er hat Kleider ausgesucht, die verdammt sexy sind, ohne zu viel Haut zu zeigen. Eigentlich ziemlich beeindruckend. Kommt her und lasst uns ein Selfie machen!«

Die drei Frauen lehnten sich aneinander und Caroline streckte den Arm aus, um mit ihrem Handy ein Foto zu machen. Alabama nahm ihrer Freundin das Telefon aus der Hand und begann, darauf herumzutippen.

»Was machst du?«, fragte Caroline.

»Ich sende das Bild an Christopher. Du glaubst doch nicht, dass du die Einzige bist, die heute Abend noch ihren Spaß haben will, oder?«

»Oh, du bist böse ... und ich liebe es«, sagte Fiona und nahm Alabama das Telefon aus der Hand. »Gib es mir. Ich muss es auch an Hunter schicken.«

»Ihr seid ja verrückt. Es ist doch nicht so, als müsstet ihr euch darum sorgen, heute Abend auf eure Kosten zu kommen. Wenn eure Männer auch nur ansatzweise wie Matthew sind, bekommt ihr es jede Nacht.«

Caroline lachte, als ihre Freundinnen rot wurden.

»Kommt schon, lasst uns fertig werden. Die Jungs müssen bald hier sein. Ich weiß, dass Hunter streng auf den Zeitplan achtet. Ich kann es kaum erwarten, Matthews Gesicht zu sehen, wenn ich zum Altar schreite.«

Wolf stöhnte und zog an der Fliege um seinen Hals. Die Medaillen an seiner Brusttasche klimperten, als er die weiße Langarmjacke seiner Uniform überzog. Seine Navy-Uniform hatte sich noch nie so eng angefühlt. Wolf beobachtete, wie der Rest seines Teams ebenfalls seine Uniformen anzog. Sie waren schon spät dran, wie Cookie sie immer wieder erinnerte.

Cookie war eine Qual, aber Wolf war auch dankbar für seine Anwesenheit. Er hatte alle Vorkehrungen getroffen und sie auf Kurs gehalten. Wolf erinnerte sich, wie Caroline sich darüber lustig gemacht hatte, dass sie mit einer Limousine in die Kirche fuhren, und dass er ihr zugestimmt hatte, aber jetzt war er froh.

So wie seine Hände zitterten, könnte er bei Gott nicht selbst fahren. Er konnte es kaum erwarten, Caroline zu seiner Frau zu machen. Sie war bereits die Seine, aber er konnte es kaum erwarten, ihr den Ehering an den Finger zu stecken.

»Bist du bereit zum Aufbruch, Mann?«

Die Worte kamen von Abe, aber Wolf wandte sich an Cookie, um zu antworten. »Ist die Limousine schon da?«

»Beruhige dich, Wolf. Ernsthaft. Wir kommen nicht zu spät. Wenn hier jemand nervös werden sollte, dann bin ich das.«

»Cookie, ich habe meine Frau heute Morgen im Bett zurückgelassen, geliebt und befriedigt. ›Wir sehen uns vorm Altar‹, war das Letzte, was sie zu mir gesagt hat, bevor ich zum Training gegangen bin.«

Wolf sah, wie sich seine Teamkollegen vor Lachen auf die Schenkel schlugen. Er machte nur ein finsteres Gesicht. Irgendwann würden sie auch eine Frau finden, für die sie so empfanden.

»Also gut, tut mir leid, Wolf. Ja, die Limousine ist da. Sie wartet bereits draußen. Wir können aber nicht zu früh losfahren, weil wir sonst die Mädchen treffen könnten. Außerdem willst du mit Sicherheit nicht allein vor dem Altar stehen und auf sie warten müssen, denn das ist genau das, was passieren wird, wenn wir zu früh dort ankommen.«

Wolf fuhr sich mit der Hand über den Kopf und durch sein kurzes Haar. »Cookie, sag mir bitte noch einmal, warum wir so eine große Hochzeit wollten.«

Cookie kam zu Wolf und legte seinem Freund eine Hand auf die Schulter. »Weil der Augenblick, in dem deine zukünftige Frau lächelnd auf dich zukommt und dich anglüht, weil sie so glücklich ist, dass sie den Rest ihres Lebens mit dir verbringen will, der Moment sein wird, in dem du erkennst, dass sich all der Stress und all der Mist, den du in den letzten Monaten ertragen musstest, voll und ganz gelohnt hat.«

»Es tut mir leid, dass du das nicht gehabt hast«, sagte Wolf ernst zu Cookie.

»Oh, ich habe es gehabt, Wolf. Ich hatte vielleicht nicht die Kirche, das Kleid und die Accessoires, die mit so einer großen Hochzeit einhergehen, aber Fiona ist trotzdem auf mich zugekommen und hat mich angelächelt, weil sie so verdammt froh war, mich zu ihrem Mann zu nehmen.«

»Verdammt, Mann.« Wolf fiel nichts anderes ein, was er hätte sagen können. Soldaten, und SEALs insbesondere, waren schließlich nicht als die romantischsten Redner der Welt bekannt. Aber es war offensichtlich, dass Cookie zu hundert Prozent damit zufrieden war, wie seine eigene Hochzeit verlaufen war. Er und Fiona hatten die Hölle durchgemacht und für sie war ihre Hochzeit perfekt gewesen.

»Okay, genug von diesem Gesäusel, jetzt lasst es

uns hinter uns bringen«, sagte Dude. Er war etwas brüsker als die anderen und es war offensichtlich, dass er genug von dem sentimentalen Gequatsche hatte.

Wolf seinerseits war jedenfalls mehr als bereit. »Zur Hölle, ja, lasst uns gehen.«

Die sechs Männer verließen Wolfs Haus und stiegen in die Limousine. Abe und Cookie sahen auf ihre Telefone, als der Benachrichtigungston für eine eingehende SMS zu hören war.

»Oh Mann, warte nur, bis du Ice siehst, Wolf. Sie sieht fantastisch aus«, rieb Abe ihm den Fakt unter die Nase, dass er von Alabama gerade ein Foto von seiner Verlobten erhalten hatte, das Wolf vor der Zeremonie nicht sehen durfte.

Caroline setzte sich auf den Stuhl und konnte das nervöse Wackeln ihres Beins nicht stoppen. Die Zeremonie hätte bereits vor zehn Minuten beginnen sollen und die Jungs waren immer noch nicht aufgetaucht. Sie hielt ihr Handy in der Hand und hoffte, dass es klingeln würde.

Fiona und Alabama saßen neben ihr und starrten auf ihre eigenen Telefone.

»Ich bin sicher, dass alles in Ordnung ist«, sagte Alabama nervös.

»Ja, sie sind einfach etwas spät dran«, ergänzte Fiona.

Caroline holte tief Luft. »Irgendetwas stimmt nicht.«

»Das weißt du nicht«, sagte Fiona mit nicht allzu überzeugter Stimme.

»Doch, ich *weiß* es«, erwiderte Caroline. »Du kennst diese Typen. Verdammt, Fiona, du weißt, dass Hunter alles bis auf die Sekunde genau geplant hat. Es ist ausgeschlossen, dass sie einfach zu spät kommen. Es muss etwas passiert sein.«

»Matthew wird kommen«, sagte Alabama beruhigend zu ihrer Freundin.

Caroline konnte nicht länger still sitzen. Sie zog ihre hohen Schuhe aus, die sie fast umbrachten, und ging im Raum auf und ab. Sie hatte keine Ahnung, warum sie sich überhaupt von Hunter hatte überreden lassen, sie zu tragen. »Um Matthew mache ich mir keine Sorgen. Verdammt, er hat mich heute Morgen so hart gefickt, bevor er gegangen ist, dass ich ihn immer noch spüren kann. Er hat mir gesagt, dass es schon immer sein Traum gewesen war, am selben Tag Sex mit seiner Freundin und seiner Frau zu haben.«

Caroline ignorierte das erstickte Lachen, das aus Fionas Richtung kam, und fuhr mit ihrer Tirade fort.

»Also muss etwas passiert sein. Er würde mich nicht vor dem Altar stehen lassen. Er weiß, wie sehr mich das verletzen würde, und das würde er niemals tun. Wir müssen also herausfinden, was zum Teufel los ist. Und zwar pronto.«

Bei ihren letzten Worten drehte Caroline sich um und funkelte ihre Brautjungfern an. Es war nicht ihre Schuld und verdammt, ihre Männer waren auch zu spät dran, aber sie konnte das Gefühl nicht loswerden, dass ihren Männern etwas Schreckliches zugestoßen war. Caroline hasste dieses Gefühl. Es war schlimmer, als wenn sie auf einer Mission wären, denn es war *hier*. In den Vereinigten Staaten. In ihrer Heimatstadt. Wenn sie eigentlich da sein sollten, an dem wichtigsten Tag ihres Lebens.

Alabamas Telefon klingelte. Die drei Frauen starrten es für einen Moment nur an, bis Caroline kreischte: »Geh ran!«

»Hallo?« Alabamas Stimme war leise und wackelig vor Angst.

»Oh mein Gott. Ja. Okay. Aber es geht ihm gut? Ja, okay. Wo? Ja, ich werde mich darum kümmern.« Alabamas Stimme wurde noch leiser und sie holte tief Luft. »Ja, habe ich. Okay, danke, Christopher.

Wir werden so schnell da sein, wie wir können. Ich liebe dich auch. Tschüss.«

»Was ist los?«, wollte Caroline wissen, als Alabama das Telefon auflegte. »Oh mein Gott, was ist passiert?«

Anstatt zu Caroline zu gehen, wie Fiona und Caroline es erwartet hatten, ging Alabama zu Fiona. Sie legte ihre Hände auf Fionas Schultern und sagte ruhig: »Es gab einen Unfall. Hunter wurde verletzt, aber es wird ihm gut gehen.«

»Was?«, krächzte Fiona. »Hunter?«

Caroline vergaß augenblicklich, dass sie eigentlich heiraten sollte, vergaß, dass sie ein verdammtes Hochzeitskleid trug, vergaß alles außer ihrer Freundin, die aussah, als würde sie jeden Moment ohnmächtig werden. Sie lief quer durch den Raum, legte ihre Arme um Fiona und schaffte es gerade noch rechtzeitig, sie festzuhalten und auf den Boden zu setzen, als Fionas Beine unter ihr nachgaben.

»Sprich mit uns, Alabama. Was hat Christopher gesagt?« Caroline bemühte sich, mit ruhiger und gleichmäßiger Stimme zu sprechen, obwohl alles in ihr aufschreien und hysterisch werden wollte. Sie kniete sich auf den Boden und wiegte Fiona in den Armen, als sie Alabama zuhörten.

»Christopher hat gesagt, sie waren in der Limousine auf dem Weg hierher, als ein anderes Auto eine rote Ampel missachtet hat. Es hat die Limousine in die Seite gerammt, auf der Hunter saß. Sie haben alle ein paar Kratzer und Schrammen von herumfliegenden Splittern, aber Hunter war für einen Moment bewusstlos. Sie haben ihn sofort ins Riverton Krankenhaus in die Notaufnahme gebracht, um auf Nummer sicher zu gehen. Sie sind alle bei ihm.«

Caroline beugte sich vor und sah Fiona in die Augen. »Er ist okay, Fiona. Hörst du mich? Es geht ihm gut.«

Fiona konnte nur nicken, aber sie lehnte den Kopf kurz gegen Carolines Nacken. Caroline konnte Fionas heißen Atem auf ihrer Haut spüren, während sie selbst ihr Bestes versuchte, sich zusammenzureißen.

»Alabama, kannst du bitte mit der Pastorin sprechen, ihr erzählen, was passiert ist, und sie fragen, ob sie den Gästen Bescheid sagen könnte? Und ich hasse es, dich darum zu bitten, aber kannst du es bitte auch Matthews Familie erzählen? Ich weiß, dass sie sich Sorgen machen. Sag ihnen einfach, dass es Matthew gut geht und dass ich sie später anrufe. Bitte sag der Pastorin auch, dass ich sie sprechen möchte, nachdem sie mit den Gästen geredet hat. Dann können wir sofort los zu unseren Männern.«

»Aber deine Hochzeit ...«

Caroline unterbrach Alabama. »Scheiß auf die Hochzeit. Das kann warten. Das Wichtigste ist jetzt, dafür zu sorgen, dass es Hunter und den anderen gut geht.«

Alabama musterte ihre Freundin genau, um nach Anzeichen dafür zu suchen, dass sie ihre Ruhe nur vortäuschte. Sie war besorgter, als sie es sich anmerken ließ. Als Alabama nichts außer der Sorge um Fiona und ihre Jungs in Carolines Augen sah, nickte sie schließlich, drehte sich auf dem Absatz um und verließ den Raum.

Caroline legte ihre Hand auf Fionas Hinterkopf. »Christopher würde uns nicht anlügen, Fiona. Wenn er sagt, dass es Hunter gut geht, dann geht es ihm gut.«

Fiona holte tief Luft und hob den Kopf. »Ich weiß. Es ist nur ... ich weiß nicht, was ich ohne ihn tun würde.«

»Ich weiß. Das *weiß* ich wirklich.«

Die Frauen sahen sich an und Carolines aufrichtiger und kameradschaftlicher Blick gab Fiona Kraft.

Fiona rappelte sich auf, während Caroline ihr beim Aufstehen half. »Aber deine Hochzeit ...«

»Wie ich bereits zu Alabama gesagt habe, scheiß drauf. Wir müssen jetzt ins Krankenhaus.«

»Sollten wir uns umziehen?«

»Nein, keine Zeit. Wir müssen uns nur richtige Schuhe anziehen. Schnapp dir deine Turnschuhe und ich nehme meine Flip-Flops. Mit diesen Absätzen kommen wir nicht weit. Ich nehme Schuhe für Alabama mit. Du schnappst dir unsere Handtaschen.«

Caroline drehte sich um, als die Pastorin mit Alabama hereinkam.

»Es tut mir so leid, Caroline. Ich habe den Gästen erzählt, was passiert ist. Alle sind sehr besorgt um Matthew und die anderen Männer, aber Alabama sagte, dass es ihnen gut geht, richtig?« Auf Carolines Nicken fuhr die Pastorin fort: »Alabama sagte, dass Sie mit mir sprechen wollten.«

»Ja bitte. Alabama, hast du Christophers Autoschlüssel?« Als Alabama nickte, sagte Caroline: »Okay, bring Fiona zum Auto, ich komme gleich nach.«

Ohne ein weiteres Wort nahmen die beiden Frauen ihre Handtaschen und gingen zur Tür hinaus. Caroline wandte sich an die Pastorin und bat sie um einen großen Gefallen.

Kurz darauf eilte Caroline zu Christophers

Wagen und hielt so gut es ging den Rock ihres Hochzeitskleides hoch, damit er nicht auf dem Boden schleifte. Bei ihrem zügigen Schritt klatschten die Flip-Flops geräuschvoll auf den Gehweg. Alabama und Fiona zogen die Augenbrauen hoch, als Caroline beim Auto ankam, sagten aber kein Wort. Caroline ignorierte die besorgten Blicke der Gäste, die jetzt die Kirche verließen, und setzte sich auf den Rücksitz. Sie nahm sich einen Moment Zeit, sich nach vorne zu beugen und ihre Hand auf Fionas Schulter zu legen, um sie zu beruhigen.

»Fahr los, Alabama. Unsere Männer brauchen uns.«

KAPITEL SIEBEN

Wolf saß mit auf die Hände gestütztem Kopf im Wartezimmer. Er sah auf die Blutspritzer auf seiner Uniform. Es war das erste Mal seit dem Unfall, dass er sich wirklich hinsetzen konnte und einen Moment Zeit zum Nachdenken hatte. Die letzte Stunde war entsetzlich gewesen, aber der Soldat in ihm hatte die Kontrolle übernommen und auf Autopilot geschaltet.

Jetzt bemerkte er, dass seine Hände zitterten. In der einen Minute hatte Wolfs Team noch ausgelassen in der Limousine gesessen und gescherzt und im nächsten Augenblick wurden sie durch die Limousine geschleudert wie Maiskörner in einer Popcornmaschine. Nachdem die letzten Glassplitter geflogen waren, hatte er sich umgesehen und festgestellt, dass alle seine Teamkollegen benommen aufstanden, außer Cookie.

Wolf würde niemals den Augenblick vergessen, in dem er seinen Freund regungslos auf dem Boden der Limousine liegen sah. Die Seite des Wagens, auf der er gesessen hatte, war eingedrückt und Glassplitter bedeckten den Sitz und Cookies bewusstlosen Körper.

Wolf hatte in seinem Leben schon Leichen gesehen. Zur Hölle, er hatte schon viel zu viele Leichen gesehen, aber die meisten hatten ihm nichts *bedeutet*. Aber der Anblick von Cookie, der regungslos und blutüberströmt auf dem Boden lag, hatte Wolf etwas bedeutet. Schnell war er in dem Wrack hinüber zu seinem Freund gekrochen und hatte erleichtert aufgeatmet, als er Cookies Puls fühlen konnte.

Sie hatten sich schnell aus dem Wrack befreien können und sich vergewissert, dass sowohl der Fahrer der Limousine als auch der Fahrer des anderen Wagens in Ordnung waren, während sie auf den Rettungswagen warteten. Es hatte nicht lange gedauert. Ein Zeuge des Unfalls hatte den Notruf gewählt und kurz darauf waren schon die Sirenen zu hören gewesen.

Wolf und Dude waren mit Cookie zusammen im

Krankenwagen mitgefahren und die Polizei hatte den Rest der Jungs mitgenommen. Sie hatten allesamt die medizinische Behandlung verweigert, da sie wussten, dass sie zwar ein paar Kratzer hatten, aber nicht ernsthaft verletzt waren. Nur Cookie war noch immer bewusstlos gewesen, während er auf der Trage in den Krankenwagen geschoben und dann in die Notaufnahme gefahren wurde.

»Ich habe Alabama angerufen«, hörte Wolf leise Abes Stimme. Wolf sah zu seinem Freund auf.

»Scheiße.« Wolf wusste, dass er es versaut hatte. Er hätte Caroline schon längst anrufen sollen. »Wie spät ist es?«

»Beruhige dich, Wolf, es ist okay. Die Mädchen sind bereits auf dem Weg hierher.«

»Scheiße«, wiederholte Wolf. Er hatte seine Hochzeit verpasst. Caroline wäre verdammt enttäuscht. Sie und Cookie hatten diesen Tag monatelang geplant.

»Denk nicht einmal daran, Wolf«, warnte Dude ihn und ließ sich auf den Sitz neben seinem Freund fallen. »Ice wird es verstehen.«

Wolf konnte aufgrund der tiefen Enttäuschung keine Worte finden. Er machte sich keine Sorgen darüber, dass Caroline wegen ihrer Hochzeit sauer sein könnte. Er wusste, dass sie es verstehen würde.

Aber er hatte sich selbst so sehr auf diesen Tag gefreut. Er hatte Caroline schon seit so langer Zeit zu seiner Frau machen wollen, und jetzt musste er noch länger warten. Schließlich antwortete er Dude knapp: »Ich weiß.«

»Du bist enttäuscht«, sagte Mozart plötzlich, der auf der anderen Seite stand.

Wolf antwortete nicht, es war egal, ob er es zugab oder nicht, es gab ohnehin nichts, was er jetzt dagegen tun konnte.

Benny stand auf und ging in dem kleinen Raum auf und ab. »Vielleicht schaffen wir es noch. Mozart, ruf den Kommandanten an und sag ihm, er soll uns mit einem Auto von hier abholen. Wir fahren zur Kirche und ...«

»Es ist in Ordnung, Benny«, sagte Wolf entschlossen. »Wir müssen hier bei Cookie bleiben. Caroline und ich werden heiraten, daran besteht kein Zweifel, aber nicht heute.«

Die Männer schwiegen. Es gab nichts, das sie hätten sagen können, damit ihr Anführer sich besser fühlte, nachdem er seine Hochzeit verpasst hatte.

Die anderen Patienten im Wartezimmer machten einen weiten Bogen um die SEALs. Die großen Männer mit Blutflecken auf ihren Klamotten sahen unheimlich aus. Ihre weißen Uniformen würden nie wieder sauber werden, sie müssten sie mit Sicherheit wegwerfen. Die herumfliegenden Glassplitter und die erste Hilfe für Cookie vor Ort hatten ihr Übriges getan, jede Chance zunichtezumachen, die Uniformen noch retten zu können.

Alle im Team waren unruhig und gingen abwechselnd in dem kleinen Raum auf und ab. Ihre Kiefer waren angespannt und die Ecke des Warteraums, die sie eingenommen hatten, strahlte Gefahr aus.

»Wann zum Teufel wird uns jemand etwas über seinen Zustand sagen? Was dauert da so lange?«, beschwerte sich Benny.

»Sie warten auf Fiona. Sie werden uns nichts sagen, da wir nicht mit ihm verwandt sind«, erklärte Dude.

»Zum Teufel, natürlich sind wir miteinander verwandt!«, rief Benny aus und sprach aus, was alle dachten.

»Du weißt, was ich meine«, versuchte Dude, Benny wieder zu beruhigen.

»Das ist doch scheiße.«

Wolf konnte nur zustimmend lachen, aber nicht auf eine belustigte, sondern eher sarkastische Art.

Wolf blickte auf, als sich die Eingangstür der Notaufnahme öffnete. Alabama und Fiona kamen herein, gefolgt von Caroline. Alle Leute im Warteraum verstummten und starrten die Frauen an. Die beiden Frauen in ihren Brautjungfernkleidern und Caroline in ihrem Hochzeitskleid sahen im Wartezimmer des Krankenhauses so deplatziert aus wie ein Cowboy in einem New Yorker Tanzklub.

Wolf konnte den Blick nicht von Caroline abwenden. »Jesus«, murmelte er leise. Sie nahm ihm buchstäblich den Atem. Wolf hatte vermutet, dass ihre Schönheit ihn überwältigen würde, wenn sie in der Kirche auf ihn zukam, und er hatte recht gehabt. Es spielte keine Rolle, dass sie nicht in einer Kirche waren. Es war egal, dass sie sich in einer Notaufnahme befanden. Es war egal, dass er mit Blutflecken und Kratzern von Glassplittern übersät war.

Es war, als würde er Caroline durch einen langen Tunnel auf sich zukommen sehen. Er konnte seinen Mund nicht dazu bringen, Worte zu formen, er konnte seine Füße nicht dazu bringen, sich zu bewegen. Wolf konnte lediglich seine Verlobte anstarren.

Er hörte weder die erleichterte Begrüßung zwischen Abe und Alabama noch Fionas Schluchzen, als Mozart sie in die Arme nahm, um sie zu beruhigen.

Schließlich blieb Caroline vor ihm stehen. Wolf hob seine Hand, legte sie Caroline in den Nacken und hielt sie fest. »Scheiße, Ice.« Das waren nicht gerade die ersten Worte, von denen er geträumt hatte, sie zu seiner Braut sagen, wenn er sie zum ersten Mal in ihrem Hochzeitskleid sehen würde, aber es schien Caroline nichts auszumachen.

Ihr Gesicht verzog sich und sie machte einen Schritt auf ihn zu, um sich von ihm in die Arme nehmen zu lassen.

So sehr er Caroline auch umarmen und sie weit weg von diesem Krankenhaus und dem Schmerz und der Enttäuschung bringen wollte, die sie wegen Cookie und ihrer verpassten Hochzeit empfinden musste, traute Wolf sich nicht, sie in seine Arme zu ziehen. Er legte seine Hände auf ihre Schultern und hielt sie auf Distanz. »Caroline, ich bin voller Blut.«

»Das ist mir egal.«

»Aber ich werde das Kleid schmutzig machen.«

»Das ist mir egal.«

»Ice ...«

»Es. Ist. Mir. Verdammt. Noch. Mal. Egal!«

Bei ihren Worten tat Wolf, was er die ganze Zeit hatte tun wollen, seit er sie zum ersten Mal erblickt hatte. Er zermalmte Caroline förmlich an seinem Körper. Eine Hand legte er um ihre Taille und mit der anderen umfasste er ihren Nacken. Wolf spürte, wie Caroline ihre Arme um ihn schlang und hinter seinem Rücken sein weißes Hemd packte.

Für eine ganze Weile sagte niemand etwas. Sie hielten einfach aneinander fest, als würden sie sich niemals wieder loslassen wollen.

»Gott sei Dank geht es dir gut«, unterbrach Caroline schließlich die Stille zwischen ihnen. Sie hauchte ihre Worte leise gegen seinen Hals, aber Wolf hörte sie.

»Mir geht es gut, Ice. Mir geht es gut.«

»Ich weiß. Mir geht es gleich besser. Lass mich einfach noch nicht los. Bitte.«

»Ich lasse dich nicht los. Ich lasse dich verdammt noch mal niemals wieder los.«

Caroline lächelte bei Matthews Worten. Er würde niemals einen Preis als romantischer Redner gewinnen, aber er gehörte ihr und ihr war es egal. Er war hier in ihren Armen, in einem Stück und größtenteils unverletzt. Das genügte ihr.

KAPITEL ACHT

Caroline zog sich schließlich aus Matthews Armen zurück, als eine Krankenschwester rief: »Gibt es hier jemanden, der mit Hunter Knox verwandt ist?«

»Hier«, rief Mozart, als er Fiona zur Krankenschwester führte. Der Rest der Gruppe folgte ihnen und veranstaltete ihrerseits ein ziemliches Spektakel. Fünf große Männer mit Schnittwunden und blutverschmierten weißen Militäruniformen zusammen mit zwei Frauen in lila Brautjungfernkleidern und einer Frau in einem trägerlosen Hochzeitskleid mit kurzer Schleppe, die über den schmutzigen Fußboden des Warteraums gezogen wurde, waren kaum zu ignorieren und konnten schwerlich unkommentiert bleiben.

Die Krankenschwester sah entsetzt die große Gruppe an, die auf sie zukam. »Äh, Mrs. Knox, wenn Sie mir bitte folgen würden, damit wir uns unter vier Augen unterhalten können.«

»Nein.«

»Wie bitte?«

»Ich sagte Nein.« Fiona hatte sich aus Mozarts Griff gelöst und ihre Arme vor der Brust verschränkt. Sie hielt ihre Ellbogen fest und sah in dieser Pose etwas verletzlicher aus, als sie es wahrscheinlich beabsichtigte, aber niemand sagte ein Wort. Sie fuhr fort: »Diese Männer sind genauso seine Familie wie ich. Sie haben an seiner Seite gekämpft, sie haben mit ihm gelitten und sie trainieren mit ihm. Was immer Sie mir sagen wollen, können sie ebenfalls hören.«

Die Krankenschwester sah nervös aus, konnte der offensichtlich verstörten Frau vor ihr aber auch nicht widersprechen. »Okay, in Ordnung, dann lassen Sie uns hierüber gehen, damit wir nicht im Weg stehen, während ich ihnen erkläre, was los ist.«

Die Krankenschwester deutete auf einen leeren Raum neben dem Wartezimmer, in den sich nun alle hineindrängten.

»Mr. Knox ist bei Bewusstsein und es geht ihm

soweit gut. Beim Zusammenprall der Fahrzeuge wurde sein Kopf ziemlich heftig gegen das Fenster geschlagen. Deshalb war er so lange bewusstlos. Er hat ein paar oberflächliche Schnittwunden und Kratzer, so wie die meisten anderen von Ihnen.«

»Wann kann er nach Hause gehen?«, fragte Fiona. Dude stand jetzt hinter ihr und hielt sie unterstützend an ihren Schultern fest.

»Er kann heute Abend noch entlassen werden, aber der Arzt möchte ihn noch für eine Weile zur Beobachtung hierbehalten. Nur um sicherzugehen, dass es ihm gut geht. Weil er so lange bewusstlos war, möchten wir sicher sein, dass er keine Gehirnerschütterung hat.«

»Wäre nicht das erste Mal«, sagte Mozart leise.

Fiona ignorierte Sams Äußerung und fragte: »Kann ich zu ihm?«

»Natürlich«, sagte die Krankenschwester und sah erleichtert aus, dass das Gespräch zu Ende war. Offensichtlich war der Testosteronüberschuss im Raum zu viel für sie. »Folgen Sie mir. Ich bringe Sie zu ihm.«

Bevor die Schwester das Zimmer verlassen konnte, fragte Caroline schnell: »Darf er noch weitere Besucher empfangen?«

»Ich bin mir nicht sicher ...«, zögerte die Krankenschwester.

»Bitte. Sie haben gesagt, es sei nichts Ernstes. Es würde uns allen sehr viel bedeuten, wenn wir ihn sehen dürften.« Caroline fuhr jetzt die großen Geschütze auf. »Er hätte heute Trauzeuge auf meiner Hochzeit sein sollen und wir möchten alle sehen, dass es ihm gut geht.« Caroline versuchte, ein unschuldiges Gesicht zu machen.

Die Krankenschwester dachte einen Moment darüber nach und stimmte schließlich zu. »Okay, aber Sie dürfen nicht so lange bleiben. Die anderen Patienten brauchen ihre Ruhe, Sie dürfen keinen Krawall machen.«

Caroline strahlte die Krankenschwester an. »Versprochen. Kein Krawall. Vielen Dank.«

Wolf wandte sich an Caroline. »Was hast du vor?«

»Wieso denkst du, dass ich etwas vorhabe?«

»Weil ich dich kenne.«

Caroline lachte. »Ich liebe dich, Matthew.«

»Jetzt *weiß* ich, dass du etwas vorhast.«

Caroline kuschelte sich wieder in Matthews Arme und seufzte, als sie spürte, wie er sie festhielt. Sie hatte nicht richtig atmen können, bis sie sich selbst davon überzeugt hatte, dass es Matthew gut ging.

»Vertraust du mir?«

»Mit meinem Leben«, war Matthews unmittelbare Antwort.

Caroline spürte, wie sie innerlich dahinschmolz. Sie sah zu Matthew auf und bemerkte, dass der Rest der Jungs bereits den Raum verlassen hatte. Sie waren allein. »Ich will dich heiraten.«

Wolf spürte, wie er sich innerlich verkrampfte. Scheiße. »Ice, ich würde Himmel und Hölle in Bewegung setzen, um heute noch dein Ehemann zu werden, aber ich fürchte, wir müssen es verschieben.« Wolf sah auf die Uhr. »Unser Termin vor dem Altar war vor zwei Stunden. Ich weiß, dass Kirchenmitglieder geduldig sind, aber ich denke, dass ist zu viel des Guten.«

»Ich habe die Pastorin irgendwie bestochen, mit mir ins Krankenhaus zu kommen.«

Wolf lehnte sich zurück, legte seine Hand unter Carolines Kinn und zwang sie, ihm in die Augen zu sehen. »Du hast was?«

Bei Matthews strengem Blick stolperte Caroline über ihre eigenen Worte. »Äh, also, nachdem ich von eurem Unfall gehört hatte, es aber schon klar war, dass es euch gut geht, habe ich mich irgendwie geweigert, mich damit abzufinden, dass wir heute nicht mehr heiraten können. Wir haben uns so lange darauf gefreut und Hunter hat so viel Arbeit in alles investiert. In gewisser Hinsicht wollte ich es auch für ihn tun. Ich wusste natürlich nicht genau, wie es ihm gehen würde, aber ich hatte gehofft ... also wie auch immer, ich habe der Pastorin versprochen, dass du eine ›großzügige‹ Spende an die Kirche machen wirst, wenn sie mit mir ins Krankenhaus kommt und uns heute noch traut.«

Wolf warf den Kopf in den Nacken und lachte. Er fühlte sich so erleichtert wie seit dem Moment nicht mehr, als er realisiert hatte, dass die Limousine von einem anderen Auto gerammt worden war. »Das heißt, du kannst heute noch meine Frau werden?«

»Ich werde immer deine Frau sein.«

»Ich meine, du kannst heute noch auch offiziell und auf dem Papier meine Frau werden?«

»Ja.«

»Scheiße, ja.« Wolf brachte keine anderen Worte heraus. Er bekam einen Kloß im Hals und kniff die Augen zusammen. Dann schloss er beide Augenlider und spürte, wie Caroline sich zu ihm hochstreckte und seine Lippen küsste.

»Ich würde dich jederzeit und überall heiraten, Matthew, aber ich wollte es auch für Hunter tun. Er hat fast so viel in unsere Ehe investiert wie wir selbst.«

»Ich liebe dich, Ice. Du bist alles, was ich mir jemals für mein Leben gewünscht habe. Als ich klein war und realisiert habe, wie glücklich meine Eltern waren, habe ich gebetet, dass ich auch jemanden finden würde, der mich so glücklich machen würde wie meine Mutter meinen Vater. Ich habe es damals nicht wirklich verstanden, aber als ich älter wurde, wurde mir klar, wie viel Glück sie hatten. Es ist verdammt schwer, diese Art von Liebe zu finden. Aber in zehntausend Metern Höhe habe ich sie gefunden. Ich habe dich gefunden.«

»Matthew ...«

»Ich weiß, dass ich dir das heute noch nicht gesagt habe, aber du siehst wunderschön aus. Du in diesem Kleid? Jesus, Ice. Ich bin so verdammt froh, dass du mir gehörst. Ich kann es kaum erwarten, meinen Ring an deinen Finger zu stecken, dich nach Hause zu bringen und dich aus diesem Kleid herauszuholen. Dann werde ich den Rest der Nacht damit verbringen, dir zu zeigen, wie froh ich bin, dass du offiziell meine Frau bist.«

Jetzt war es Caroline, der es die Tränen in die Augen trieb. »Es ist vielleicht keine traditionelle

Hochzeit, aber du wirst niemals jemanden finden, der mehr in dich verliebt ist als ich.«

Wolf beugte sich vor und gab Caroline einen leidenschaftlichen Kuss. Er hielt sich nicht zurück, er verschlang sie. Caroline wurde in Matthews Armen weich wie Butter, als er sich von ihr holte, was er brauchte. Sie liebte es, wenn Matthew sie dominierte. Sie war normalerweise nicht unterwürfig, aber es war offensichtlich, dass er das jetzt brauchte. Außerdem wusste Caroline, dass sie so einen Vorteil hätte, wenn sie später nach Hause kamen.

Wolf hob schließlich den Kopf und fuhr mit dem Daumen über Carolines kussgeschwollene Lippen, die jetzt keine Spur von Lippenstift mehr zeigten. »Können wir uns jetzt endlich offiziell trauen lassen?«

Caroline lächelte den Mann an, der schon bald ihr Ehemann sein würde. »Ja, lass mich schnell sichergehen, dass die Pastorin nicht vor Angst das Weite gesucht hat, und alles kurz mit einer Krankenschwester besprechen. Dann gehen wir zu Hunter und bringen es hinter uns.«

Wolf beugte sich vor und küsste Caroline noch einmal. »Ich liebe es, dass du das für Cookie tust. Er ist wie ein Bruder für mich. Dass du das für ihn tust, bedeutet die Welt für mich. *Du* bedeutest die Welt für mich.«

»Ich weiß. Du kannst es mir heute Nacht zurückzahlen.«

»Davon kannst du ausgehen.«

Sie verließen den Raum, um die Pastorin zu finden. Es war Zeit für eine Hochzeit.

KAPITEL NEUN

Caroline wartete nervös im Wartezimmer auf Fiona. Sie wollten Fiona etwas Zeit allein mit Hunter geben, bevor sie alle ins Zimmer stürzten und ihm von der Überraschungshochzeit erzählten. Caroline konnte es kaum erwarten, Hunter zu sehen. Wenn Fiona fertig war, wollten sie und Matthew zu ihm gehen und ihm erklären, dass sie heute noch heiraten würden ... in seinem Krankenzimmer. Caroline hoffte, dass er sich freuen würde, aber zuerst konnte sie es kaum erwarten, sich mit eigenen Augen davon zu überzeugen, dass es ihm gut ging.

Endlich kam Fiona zurück in den Warteraum. Es sah aus, als hätte sie geweint, aber ihre Lippen waren auch geschwollen, als hätte ihr jemand die Seele aus dem Leib geküsst.

»Er ist jetzt bereit, euch zu sehen«, sagte Fiona leise. Dude trat vor und legte seinen Arm um Fionas Schultern, um sie zu unterstützen.

Caroline stand auf und griff nach Matthews Hand. Sie hielt inne. »Bereit?«, fragte er.

»Ja.« Caroline war bereit. Sie war mehr als bereit. Caroline sah die Pastorin an, die zwischen den Männern saß und lächelte. Caroline fiel auf, dass die Frau eigentlich den ganzen Nachmittag über gelächelt hatte, nachdem sie erfahren hatte, dass es Hunter gut gehen würde. Sie schien froh darüber zu sein, bestochen worden zu sein ... äh ... darum gebeten worden zu sein, die Hochzeit im Krankenzimmer durchzuführen.

Caroline klopfte einmal kurz an Hunters Tür und als sie ihn »Herein« sagen hörte, stieß sie die Tür auf.

Hunter lag auf dem Bett und trug ein Krankenhemd. Die Decke hatte er bis zur Brust hochgezogen. Als er sah, dass es Caroline war, setzte er sich behutsam auf und streckte die Hand aus. »Ice. Komm her.«

Caroline lächelte, ließ Matthews Hand los und ging zu Hunter.

»Du siehst wunderschön aus.«

Caroline schnaubte. »Was auch immer, Hunter.«

»Ernsthaft. Okay, auf deinem wunderschönen Kleid sind Blutflecke und deine hübsche Hochsteckfrisur neigt sich bereits etwas zur Seite, aber für einen Mann, der gerade ein Auto direkt auf den Kopf bekommen hat, siehst du perfekt aus.«

Caroline runzelte ein wenig die Stirn, doch Hunter fuhr fort: »Ich bin echt sauer, dass die Hochzeit ins Wasser gefallen ist, aber keine Sorge, für den Veranstaltungsort haben wir eine Versicherung abgeschlossen, damit wir nicht das ganze Geld verlieren. Die Blumen und ein paar andere Kleinigkeiten müssen wir neu besorgen, aber das werden wir noch früh genug klären. Gib mir eine Woche, nachdem ich hier raus bin, und wir werden euch im Handumdrehen verheiraten.«

Caroline schniefte und hielt mit all ihrer Willenskraft die Tränen zurück. Hunter verschwendete keinen Gedanken an sich. Im Moment interessierte mich nur ihre Hochzeit. Sie legte Hunter ihre Hand auf den Mund. »Hör mir mal zu.« Als Hunter nickte, nahm Caroline die Hand von seinem Mund und streckte sie nach Matthew aus, der direkt hinter ihr stand.

Caroline lächelte Matthew an, als er ihre Hand ergriff und sie für einen kurzen Kuss an seine Lippen zog. Dann wandte sie sich wieder Hunter zu.

»Also, der Plan sieht folgendermaßen aus. Du hast eine Menge Arbeit in diese Hochzeit gesteckt und ich bin nicht bereit, das alles jetzt einfach so aufzugeben. Ich bin hier, Matthew ist hier, du bist hier, alle unsere Freunde sind hier … und die Pastorin ist hier … ich möchte jetzt heiraten. Wenn es dir recht ist. Hier und jetzt. Mit dir.« Als Hunter nichts sagte, sondern nur dalag und sie anstarrte, stotterte Caroline: »Wenn das in Ordnung für dich ist.«

»Ob das in Ordnung ist?«, fragte Cookie ungläubig.

»Vorsicht, Cookie«, warnte Wolf seinen Freund, der den Ton in seiner Stimme nicht einzuordnen wusste.

Cookie warf Wolf einen Blick zu und ließ kurz das SEAL-Zeichen für »okay« aufblitzen. Wolf entspannte sich und legte unterstützend seine Hand auf Carolines Rücken.

»Caroline, komm her«, sagte Cookie. Caroline trat einen kleinen Schritt näher an das Bett und Cookie ergriff fest ihre Hand.

»Ich kann nicht glauben, dass du das tust. Du solltest warten, bis du es richtig machen kannst, bis es perfekt ist.«

Caroline setzte sich vorsichtig auf die Seite von Hunters Bett. »Heute ist es perfekt. Es tut mir leid, dass der Tag nicht so verlaufen ist, wie du es geplant hast, aber unterm Strich möchte ich es heute tun. Ich freue mich schon seit zwei Monaten auf diesen Tag. Ich möchte nicht länger warten. Aber ich möchte, dass du damit einverstanden bist. In vielerlei Hinsicht ist es auch deine Hochzeit.«

Cookie griff mit beiden Händen nach Carolines Kopf und zog ihn dicht an seinen. »Ich bin damit mehr als einverstanden. Ich fühle mich verdammt noch mal geehrt, dass du das heute hier mit mir machen willst.«

Als Caroline erleichtert schniefte, kommentierte Wolf trocken: »Wenn ihr nicht bald mit dem Geheule aufhört, wird Cookie von den Ärzten entlassen und die ganze Aufregung um eine emotionale Hochzeit am Krankenbett war umsonst, Ice.«

Caroline lachte und sah zu Matthew auf. »Jetzt mach dir mal nicht in die Hose, Matthew.«

Alle lachten und Caroline stand auf. »Okay, ich hole den Rest der Gruppe rein. Matthew, du bleibst hier. Wir sehen uns gleich.« Sie streckte die Hand aus und küsste ihren zukünftigen Ehemann. Sie war nicht schnell genug und Matthew nutzte ihren emotionalen Zustand, um den Kuss zu vertiefen. Schließlich zog Caroline sich zurück, küsste ihre

Fingerspitzen und hielt sie gegen Matthews Lippen, bevor sie den Raum verließ.

»Trägt sie Flip-Flops?«, scherzte Cookie.

»Allerdings.«

»Die habe ich aber nicht für sie gekauft.«

»Stimmt.«

»Bist du wirklich damit einverstanden, Wolf?«, fragte Cookie ernst.

»Ja, verdammt.«

»Also gut.«

Die beiden Männer lächelten sich an und beide verloren sich in Gedanken an diese erstaunliche Frau, die in ihr Leben getreten war.

Caroline stand im Flur des Krankenhauses und rieb sich nervös die Hände. Die Männer warteten alle in dem kleinen Krankenzimmer und Hunter lag auf dem Bett. Die Pastorin war ebenfalls im Zimmer. Alle warteten darauf, dass die Braut den Raum betrat, aber Caroline wollte noch einen Moment mit Fiona und Alabama verbringen.

»Ihr seid die besten Freundinnen, die ein Mädchen sich wünschen kann. Ich hatte nie eine Schwester oder eine enge Freundin, aber ich danke

Gott jeden Tag dafür, dass ihr in die Leben von Christopher und Hunter getreten seid.«

»Wirklich? So was sagst du jetzt?«, spottete Fiona und wischte sich die Tränen ab.

Caroline lachte und nickte. »Es gibt keinen besseren Zeitpunkt als jetzt.«

»Okay, dann bin ich jetzt dran. Als ich in dieser Hütte in Mexiko gefangen war, hatte ich schon die Hoffnung aufgegeben, jemals wieder dort rauszukommen. Du siehst mich nicht als verrückte oder gebrochene Frau, auch wenn ich direkt vor deinen Augen buchstäblich zusammenbreche.«

Alabama stimmte ebenfalls ein und ihre Worte waren aufgrund ihrer Geschichte umso bedeutungsvoller. »Ich habe in meinem Leben früh gelernt, dass ich niemandem vertrauen kann, aber ihr habt mir gezeigt, dass es Menschen gibt, die selbstlos und aufrichtig sind. Ich weiß nicht, was ohne dich aus mir geworden wäre, als ich obdachlos war, Caroline.«

Die drei Frauen traten zusammen, als hätten sie das alles geplant. Sie umarmten sich und schniefen. Schließlich zog Caroline sich zurück und wischte sich die Tränen aus den Augen. »Okay, ich weiß, ich habe damit angefangen, aber ich möchte noch heiraten. Wir müssen diese Sentimentalitäten auf später verschieben.«

Alabama und Fiona taten es Caroline gleich und wischten sich ihre Gesichter ab.

»Okay, Alabama, du gehst zuerst rein, dann Fiona. Wir werden es genau so machen, wie wir es für die Kirche geplant hatten, nur mit einem viel kürzeren Gang.« Sie kicherten und Alabama machte sich bereit, die Tür zu öffnen und hineinzugehen. In letzter Sekunde drehte sie sich noch einmal um.

»Ich liebe dich, Mädchen. Ich freue mich so für dich.« Und dann war sie weg.

Fiona wandte sich an Caroline.

»Oh Gott, nicht noch mehr, das ertrage ich nicht.«

Fiona lachte Caroline an. »Ich möchte mich nur bei dir bedanken, dass du mich in der Kirche beruhigt hast. Für eine Sekunde hat es mir den Boden unter den Füßen weggezogen, aber du warst sofort da und hast mich zurück in die reale Welt geholt und mir geholfen, das durchzustehen. Genau wie an dem Tag im Einkaufszentrum, als ich diesen Flashback hatte. Vielen Dank.«

»Gern geschehen, Fiona. Ich weiß, dass du das Gleiche für mich tun würdest.«

»Zur Hölle, ja, das würde ich. Okay, ich gehe

rein.« Fiona beugte sich vor, küsste Caroline auf die Wange und verschwand ebenfalls durch die Tür.

Caroline holte tief Luft, sie war bereit. Ohne noch einen weiteren Moment zu warten, öffnete sie die Tür zu Hunters Zimmer und quetschte sich hindurch. Es war eng. Der Raum war ohnehin nicht sehr groß, aber mit dem gesamten SEAL-Team, der Pastorin und ihren beiden Freundinnen war es sehr eng geworden.

Matthew stand neben Hunters Bett. Die Pastorin stand an der Tür, bereit dafür, sich in Position zu bringen, sobald Caroline neben Matthew trat.

Caroline ging zu Matthew und nahm seine Hände in ihre. Sie fühlte sich etwas unbeholfen, weil sie keinen Blumenstrauß hatte, den sie festhalten konnte. Matthew zögerte aber keine Sekunde und hielt sie fest. Das Lächeln, das er ihr schenkte, nahm ihr den Atem. Matthew war wirklich ein verdammt gut aussehender Mann und in wenigen Momenten würde er für immer ihr gehören.

»Wir haben uns heute hier versammelt ...« Die Stimme der Pastorin trat in den Hintergrund. Caroline konnte nur noch Matthews Augen sehen. Er fixierte sie mit seinem Blick und sie konnte die Leidenschaft in seinen Augen erkennen. Sie hoffte, dass Matthew dasselbe in ihren eigenen Augen erblicken konnte. Caroline versuchte, sich wieder auf die Gegenwart zu konzentrieren, aber die Verheißung in Matthews Augen war fast mehr, als sie ertragen konnte. Alles, woran sie im Moment denken konnte, war das Gefühl von Matthews harter Länge tief in ihr und das Gefühl seiner Hände auf ihrem Körper.

Als Matthew in seine Tasche griff, fiel ihr ein, dass sie die Ringe total vergessen hatte. Gott sei Dank, Matthew hatte daran gedacht und zog jetzt zwei Ringe heraus.

Als es endlich so weit war, hob Wolf Carolines Hand zu seinem Mund und küsste den Verlobungsring. Langsam zog er ihn ab steckte ihr seinen Ehering an den Finger. Sorgfältig brachte er den Diamanten in Position und führte Carolines Hand erneut zu seinem Mund, um ihren Finger ein weiteres Mal zu küssen. Diesmal verweilte Wolf etwas länger und genoss das Gefühl und das Aussehen dieses Zeichens ihrer Verbundenheit an ihrer Hand.

Dann war Caroline an der Reihe. Sie hatte keine Rede vorbereitet, aber sie konnte die Worte nicht aufhalten, die aus ihrem Mund kamen. Während sie Matthew den breiten Platinring an den Finger steckte, sagte sie ernst und aufrichtig: »Ich weiß, dass du ihn wahrscheinlich nicht immer tragen kannst, wenn du auf einer Mission bist, und das ist okay. Ich weiß, dass du zu mir gehörst, und du weißt, dass ich zu dir gehöre.«

Caroline folgte Matthews Beispiel, führte seine Hand zu ihrem Mund und küsste den Ehering an seinem Finger.

Matthew sagte: »Ich liebe dich«, und Caroline schaute ihm in die Augen, als die wundervollen Worte der Pastorin wieder in den Hintergrund traten.

»Ja, ich will.«

Die Stärke und Gewissheit in Matthews Worten holten Caroline wieder in die Realität zurück. Er hob ihre Hand an seinen Mund und küsste sie.

Caroline hörte jetzt, wie die Pastorin sie fragte, ob sie Matthew zu ihrem rechtmäßig angetrauten Ehemann nehmen wollte. Als sie schließlich an der Reihe war, antwortete sie schlicht: »Ja.«

Da Caroline wusste, was jetzt kommen würde, lächelte sie Matthew nur erwartungsvoll an und wartete auf die Worte, nach denen sie sich beide so sehr sehnten. Schließlich erlöste die Pastorin sie aus ihrem Elend.

»Hiermit erkläre ich Sie zu Mann und Frau. Sie dürfen die Braut jetzt küssen.«

Matthew legte seine Hände an Carolines Hals, so wie Caroline es liebte. Zu spüren, wie seine Hände sie umgaben und er sie für den Kuss festhielt, bereitete ihren Körper immer für ihren Mann vor.

»Ich liebe dich, Ice.« Wolf hauchte seine Worte gegen ihre Lippen.

»Ich liebe dich auch, Matthew.« Bei jedem Wort aus ihrem Mund berührte sie seine Lippen mit ihren. Bevor sie noch die letzte Silbe aussprechen konnte, stellte Wolf den Kontakt zwischen ihnen her. Er hielt ihren Kopf still und neigte seinen Mund etwas zur Seite, bis er Caroline genau da hatte, wo er sie haben wollte. Ihre Zungen duellierten sich, sie schmeckten und umarmten sich. Es war offensichtlich nicht ihr erster Kuss.

Aber es war ihr erster Kuss als Ehemann und Ehefrau. Irgendwie war er vollkommen anders als jeder andere Kuss, den sie jemals zuvor geteilt hatten. Die Pastorin räusperte sich bereits zum dritten Mal, um Wolf dazu zu bringen, sich von seiner Frau zu lösen. Er lächelte Caroline an und strich mit einem Finger über ihre gerötete Wange. »Meine.«

Caroline lächelte ihn an. »Deine«, flüsterte sie zurück.

»Jetzt lehn dich mal hier runter, damit ich auch

die Braut küssen kann«, forderte Cookie sie auf und unterbrach ihren Moment der Zweisamkeit.

Caroline lachte, drehte sich zum Bett um und beugte sich vor. Anstelle eines zaghaften Kusses auf die Wange, den Caroline erwartet hatte, küsste Hunter sie fest auf die Lippen.

»Hey!«, rief Wolf.

Caroline lachte und schlug Hunter spielerisch auf die Schulter. »Du solltest dich besser nicht mit ihm anlegen.«

»Er macht es einem so einfach«, antwortete Cookie.

»Ich bin dran«, stellte Dude fest und drehte Caroline zu sich um. Auch er küsste sie auf die Lippen. »Willkommen in der Familie.«

Und so ging es weiter. Jeder der Männer im Team küsste sie und versicherte ihr, wie froh er war, dass Caroline nun offiziell Teil ihrer Familie war.

Als Caroline zu Matthew zurückkam, konnte sie sehen, dass er sich schwer zurückhalten musste. Sie versuchte, ihn zu beruhigen. »Hey, Ehemann.« Ihre Worte schafften es.

»Hey, Ehefrau.« Wolf nahm Caroline in die Arme und entspannte sich, als sie sich an ihn schmiegte.

»Lächeln!«, befahl Fiona und machte ein Foto

mit ihrem Handy, bevor Caroline oder Wolf sich vom Fleck bewegen konnten.

»Dies ist gut«, rief sie, nachdem sie das Bild auf ihrem Handy begutachtet hatte. »Ich habe die ganze Zeit über Fotos gemacht, aber ich glaube, das ist mein Lieblingsbild.«

Alabama schob ihr Handy ohne Vorwarnung wortlos vor Fionas Gesicht.

»Okay, ich habe meine Meinung geändert. *Das* ist mein Lieblingsbild.« Fiona nahm Alabama das Handy aus der Hand und drehte den Bildschirm zu Caroline und Wolf.

Alabama hatte das Foto aufgenommen, als Wolf seine Braut geküsst hatte. Die Leidenschaft, die er für Caroline empfand, war offensichtlich. Carolines Kopf war in einem Winkel nach hinten geneigt, dass es eigentlich hätte peinlich sein müssen, aber Wolfs Hände um ihren Hals verhinderten, dass sie sich zu weit nach hinten lehnte. Sowohl Caroline als auch Wolf hatten ihre Augen geschlossen und Carolines Hand ruhte auf Wolfs Hinterkopf.

»Wow«, war alles, was Caroline sagen konnte, als sie das Bild sah. »Das musst du mir unbedingt schicken.«

Wolf beugte sich nur vor und küsste sanft Carolines Schläfe.

Fiona gab Alabama das Telefon zurück und setzte sich neben Hunter aufs Bett. Sie legte ihre Hand auf seine und Caroline sah, wie Hunter seine Hand sofort umdrehte, um Fionas Hand festzuhalten.

»Also, ist es schon Zeit für den ersten Tanz?«, fragte Hunter in ernstem Tonfall.

Caroline wusste, dass er immer noch sauer auf sie war. Es war egal, dass sie ihm hundertmal versichert hatte, dass sie das Lied ausgewählt und dem DJ mitgeteilt hatte. Die Tatsache, dass Caroline sich geweigert hatte, Hunter zu verraten, welches Lied sie ausgesucht hatte, irritierte ihn wirklich. Er hatte sie gefragt, dann aufgefordert, er hatte alles versucht, sie dazu zu bringen, es ihm zu erzählen, aber Caroline war stur geblieben. Sie wollte, dass es eine Überraschung war.

»Tatsächlich, ich denke, es ist so weit«, stimmte Caroline Hunter zu. Sie wandte sich an Faulkner und streckte die Hand aus. »Danke, dass du mein Handy bereitgehalten hast.«

Dude zog Carolines Handy aus der Tasche und gab es ihr.

Während Caroline auf ihrem Handy nach dem richtigen Lied suchte, wandte sich Cookie an Fiona. »Weißt du, welches Lied sie ausgewählt hat?«

»Zieh mich da nicht mit hinein, Hunter«, sagte Fiona streng und strich liebevoll mit ihrem Daumen über seinen Handrücken. Es war offensichtlich, dass sie nicht wirklich mit ihm darüber diskutieren wollte. »Sie hat es keinem von uns erzählt.«

Caroline gab Faulkner das Telefon zurück. »Okay, ich bin bereit. Nur noch eine Sekunde, dann kannst du auf Play drücken.«

Caroline wandte sich wieder Matthew zu und schmiegte sich in seine Arme. Sie sah zu ihm auf. »Es ist kein traditionelles Lied.«

Wolf unterbrach sie. »Ich habe nichts anderes von dir erwartet, Ice.«

Caroline lächelte ihn an und fuhr fort: »Ich meine, es ist kein traditionelles Hochzeitslied. Verdammt, es ist überhaupt kein gutes Lied zum Tanzen, aber als ich es das erste Mal gehört habe, musste ich sofort an uns denken. Ich habe den Text nachgeschlagen und wusste, dass es das perfekte Lied für uns ist. Jedes Mal wenn ich es höre, erinnert es mich an uns.«

Die Musik begann zu spielen und Caroline lächelte, als das Lied *Come to Me* von den Goo Goo Dolls leise aus dem Lautsprecher ihres kleinen Telefons ertönte.

Sie wiegten sich hin und her und lauschten dem

Text, der von einer Liebe handelt, die aus einer Freundschaft erwachsen ist. Caroline wandte den Blick nicht von Matthews Augen ab, während sie langsam miteinander tanzten, aber sie wusste, dass die anderen im Raum sie mit einem Lächeln auf den Gesichtern beobachteten.

Caroline war unfassbar gerührt, als das Lied zu seinem Höhepunkt kam und Matthew anfing mitzusingen, dabei aber den Text an ihre aktuellen Umstände anpasste.

»Heute ist der Tag, an dem ich dich zu meiner Frau gemacht habe. Ich habe es nicht pünktlich in die Kirche geschafft. Nimm meine Hand in diesem Krankenzimmer, du bist meine Frau und ich bin dein Mann. Komm zu mir, meine Liebste, jetzt fängt unser neues Leben an.«

»Oh mein Gott.«

Caroline hörte jemanden etwas sagen, erkannte aber die Stimme nicht und beschloss, es zu ignorieren. Sie hatte nur Augen für ihren Ehemann. »Du kennst dieses Lied?«

»Ja, Ice, ich kenne dieses Lied.«

Er erklärte nicht warum oder woher.

»Woher?«, wollte Caroline wissen.

»Ganz ehrlich? An einem Abend hast du dein Handy angelassen und ich habe gesehen, dass du es gehört hast. Ich habe es online gesucht und heruntergeladen. Ich dachte mir, wenn es dir gefällt, sollte ich es mir auch anhören. Es ist ein verdammt schönes Lied. Und jetzt ist es *unser* Lied.« Er überraschte Caroline aufs Neue und stimmte noch einmal in seine leicht geänderte Fassung des Liedes ein. »Es ist ab jetzt unser Lieblingslied.«

»Wow.« Die Worte kamen von der Krankenschwester, die in der Tür stand. Es war ihre Stimme, die Caroline gehört hatte, nachdem Matthew gesungen hatte.

»Ich glaube, das ist das Schönste, was ich je in meinem Leben gesehen habe.«

Caroline lächelte. Sie konnte der Frau nicht widersprechen.

Als das Lied vorbei war, wandte sich Caroline an Hunter. »Und? Wie fandest du das?«

Cookie lächelte Caroline an. »Sehr gut, Ice. Wirklich gut. Ich hätte kein besseres Lied für euch beide auswählen können.«

Caroline grinste über das Kompliment und wandte sich wieder ihrem Ehemann zu.

»Ich liebe dich, Matthew.«

»Ich liebe dich, Caroline.«

KAPITEL ZEHN

Wolf lehnte sich gegen das Kopfteil des Bettes und lächelte seine Frau an. Er hatte das Ziel ihrer Flitterwochen vor allen geheim gehalten und bisher war es perfekt gewesen. Caroline hatte gedacht, dass sie irgendwo an einen Strand fahren würden. Aber so sehr er sie auch im Bikini sehen wollte, Wolf hatte ein anderes Ziel vor Augen gehabt. Caroline hatte so viele Andeutungen darüber gemacht, wie sehr sie Maui liebte, dass er ihr vor nicht allzu langer Zeit versprochen hatte, mit ihr dort Urlaub zu machen.

Seine Teamkollegen hatten ebenfalls versucht, es zu erraten, und hatten Ideen wie Paris, Frankreich oder San Francisco eingeworfen. Wolf hatte seine Mutter darüber auf dem Laufenden gehalten, wohin er Caroline entführen wollte, und er könnte nicht zufriedener über seine Geheimniskrämerei sein.

Die einzige Person, der er noch davon erzählt hatte, war Fiona. Wolf hatte Fiona einweihen müssen, damit sie Carolines Koffer mit angemessener Kleidung und all dem Mädchenkram packen konnte. Wolf hatte nicht erwartet, dass Caroline viele Klamotten *brauchen* würde, aber er wusste, dass sie einige Sachen würde dabeihaben wollen. Also hatte er es Fiona anvertraut und sie hatte geschworen, dass sie es niemandem erzählen würde, nicht einmal Cookie.

Sie waren nicht wirklich weit weg von zu Hause. Wolf hatte sie nach Sedona in Arizona zu einer Hütte hoch in den Bergen gebracht. Er hatte online recherchiert und das abgelegenste Haus gebucht, das zu bekommen war. Wolf hatte vor, Caroline die ganze Woche nackt für sich allein in seinem Bett zu haben. Das Resort hatte Zimmerservice, und das war alles, was er brauchte. Ein Bett, etwas zu essen und seine Frau.

Wolf lächelte. Seine Frau. Jesus, er liebte den Klang dieses Wortes. Er strich Caroline die Haare aus dem Gesicht und lächelte, als sie sich weiter an ihn kuschelte. Sie war erschöpft und Wolf wusste, dass das ganz allein seine Schuld war. Er würde sich aber nicht entschuldigen und es tat ihm auch kein bisschen leid.

Wolf dachte an den Morgen zurück, als Caroline nach ihren E-Mails gesehen hatte. Er mochte es nicht, wenn sie das tat, wusste aber, dass sie sich Sorgen um ihre Freundinnen machte. Fiona und Alabama hatten die Fotos von ihrer Hochzeit zu einem Online-Fotoalbum zusammengestellt und den Link per E-Mail an Caroline gesendet. Niemand, der nicht dabei war, würde jemals glauben, dass es eine tolle Hochzeit war, wenn er die Bilder sah, aber Wolf liebte jede einzelne Aufnahme.

Carolines Frisur war durcheinander, ihr Kleid hatte Flecke und schleifte auf dem Boden, weil sie Flip-Flops anstelle von Absatzschuhen trug. Die Flip-Flops gehörten jetzt zu ihrer Geschichte, denn auf einem der Bilder hatte Wolf Caroline über seinen Arm gebeugt und sie hatte ein Bein hochgezogen und um seine Taille gelegt, sodass ihre unkonventionellen Schuhe zu sehen waren.

Darüber hinaus war Carolines Kleid zerknittert und hatte rote Blutflecke. Wolf hatte sie gewarnt, aber er dankte Gott dafür, dass es ihr egal gewesen war. Ihr Make-up war de facto nicht mehr vorhanden, aber da Wolf sie ohnehin die meiste Zeit so sah, liebte er es, dass sie auf ihren Hochzeitsfotos wie sie selbst aussah.

Fiona und Alabama sahen genauso zerzaust aus wie Caroline, aber sie waren trotzdem wunderschön. Auf einem Bild lag Fiona neben Cookie auf dem Bett und hatte ihre linke Hand mit dem markanten Ehering auf seine Brust gelegt. Sie hatte die Augen geschlossen, aber Cookie schaute sie an, als wäre sie für ihn das Kostbarste auf der ganzen Welt, was der Tatsache entsprach.

Alabama hatte auch ein Bild von sich und Abe beigefügt. Abe stand hinter ihr, einen Arm um ihre Brust und den anderen um ihre Taille geschlungen. Alabama sah zu ihm auf und lachte über das, was er gerade zu ihr gesagt hatte. In ihrem lila Kleid und in den Armen ihres Mannes sah sie trotz der Turnschuhe an ihren Füßen wunderschön aus.

Carolines Freundinnen hatten großartige Arbeit geleistet und jeden Moment ihrer spontanen Hochzeit festgehalten. Von dem Moment, in dem sie die Jungs küsste, bis zum Unterschreiben der Heiratsurkunde. Zur Hölle, Alabama hatte sogar ein Bild von Wolf gemacht, als er der Pastorin ein Bündel Geldscheine überreichte, um sich bei ihr dafür zu bedanken, dass sie den ganzen Nachmittag mit ihnen im Krankenhaus verbracht hatte. Natürlich hatte die Pastorin gesagt, es wäre keine große Sache, aber Wolf musste lachen, als er sich daran erinnerte, wie sie das Geld genommen und ihm gesagt hatte, dass sie es dafür nutzen würde, den Kinderspielplatz zu erweitern.

Nach der Hochzeit hatte Wolf seine Eltern angerufen und erklärt, was an diesem Nachmittag passiert war. Caroline hatte sich Sorgen gemacht, dass sie sauer wären, weil sie die Hochzeit ihres Sohnes verpasst hatten, aber Wolf hatte gewusst, dass es für sie in Ordnung war. Und so war es auch. Sie freuten sich, dass ihr Sohn glücklich war, und es war mehr als offensichtlich, dass er glücklich war. Sie hatten ihm versprochen, sie zum Abendessen einzuladen, sobald sie aus ihren Flitterwochen zurückgekehrt waren.

Wolfs Gedanken kehrten zu Caroline zurück. So sehr er die Bilder auch liebte, war er es bald leid, sie anzusehen, und hatte den Computer zur Seite geschoben, um Caroline mit Flitterwochen-Sex auf dem Küchentisch bekannt zu machen. Sie war begeistert davon.

Keiner von beiden scheute sich davor zu zeigen, wie sehr sie den Sex miteinander liebten. Caroline und Wolf hatten, seit sie zusammengezogen waren, viel miteinander ausprobiert, aber sie hatten nie den

Luxus gehabt, völlig loszulassen und sich um nichts anderes kümmern zu müssen. Es war immer Arbeit oder irgendeine andere Art von Drama dazwischengekommen. Zuerst Alabama mit Abe und dann Fiona. Sie würden niemals ihre Freunde missbilligen, nach allem was geschehen war, aber es war himmlisch, sich einmal um nichts anderes kümmern zu müssen als um sich selbst.

Caroline packte Wolf fester, öffnete langsam die Augen und sah ihn an. »Kannst du nicht schlafen?«, murmelte sie schläfrig.

Wolf lachte in sich hinein. Es war mitten am Tag. Er war hellwach und bei Weitem nicht müde genug für ein Nickerchen. »Nein, schlaf weiter, Ice. Du wirst deine Kräfte später noch brauchen.«

Wolf hatte nicht beabsichtigt, sie mit seinen Worten anzutörnen, war aber angenehm überrascht, als genau das passierte. Caroline rutschte herum, bis sie ihn zwischen ihren Beinen hatte. Er lehnte sich zurück gegen das Kopfteil und sie kam auf Augenhöhe zu ihm hoch.

»Bist du nicht müde?«, fragte Caroline erneut und fuhr diesmal mit ihren Händen über seinen harten Oberkörper. Mit den Fingern streichelte sie seine Brustwarzen für einen Moment, bevor sie ihre

Hand weiter nach unten rutschen ließ, bis sie ihn festhielt.

Bei der ersten Berührung ihrer weichen Finger wurde Wolf sofort hart. »Jesus, Ice, du bringst mich um.«

»Aber was für eine schöne Art zu sterben, oder?«

Caroline hob die Hüften, bis Wolf in sie hineingleiten konnte, und ließ sich wieder auf ihm nieder. Zumindest versuchte sie das. Wolf hielt ihre Hüften fest und wollte nicht, dass sie ihn ganz in sich aufnahm. »Bist du bereit für mich, Ice? Ich möchte dir nicht wehtun.«

»Ich möchte nicht ungehobelt erscheinen, Matthew«, keuchte Caroline und packte ihn fest an den Schultern, während sie ihm beim Sprechen fest in die Augen sah, »aber ich habe immer noch deinen letzten Orgasmus in mir. Du erregst mich schon, wenn du mich nur mit diesem fick-mich-Blick in deinen Augen ansiehst. Also, um deine Frage zu beantworten: Ja, ich bin bereit für dich. Ich bin *immer* bereit für dich. Ich bin so feucht, du wirst mir nicht wehtun.«

Wolf lockerte seinen Griff und ließ Caroline auf sich fallen. Sie hatte recht. Sie war verdammt feucht. Heiß, feucht und eng. »Wie kann es sein, dass das immer besser und besser wird?«

Caroline fasste es als rhetorische Frage auf und ignorierte sie. Sie begannen, sich zu bewegen, ohne dass sich ihre Blicke verloren. »Ich liebe dich, Matthew.«

Wolf lächelte. Er konnte diese Worte nicht oft genug hören. »Ich liebe dich auch, Caroline. Jetzt halt die Klappe und nimm mich.«

Zwanzig Minuten später lächelte Wolf wieder. Es schien, als könnte er gar nicht mehr aufhören zu lächeln. Sie lagen seitlich aneinandergekuschelt auf dem Bett und von der Bettdecke war weit und breit nichts zu sehen.

Wolf schob sich mit dem Bein, das er angewinkelt auf den Bettrahmen gestellt hatte, etwas höher. Caroline stöhnte. »Warte, Ice.« Wolf richtete sich auf und drehte sich und Caroline herum, bis beide wieder in Löffelchenstellung auf dem Bett lagen. Wolf beugte sich über sie und hob ein Kissen vom Boden auf, wo es während ihres Liebesspiels gelandet war. Er legte sich wieder neben Caroline und seufzte.

Wolf hörte Caroline tief atmen und küsste sie auf die Schläfe. Sie steckte ihre Beine durch seine und er spürte, wie die Hitze ihres Körpers auf ihn überging. Die feuchte Stelle unter seinem Hintern war etwas unangenehm, aber bei dem Gedanken daran, woher diese feuchte Stelle kam, würde er es aushalten, solange er mit Caroline eine weitere feuchte Stelle machen würde, sobald sie wieder aufwachte.

Schließlich wurde Wolf schläfrig und dachte darüber nach, was sie sich zum Abendessen bestellen könnten. Er musste dafür sorgen, dass sie genügend Kraft tankten. Sie hatten noch vier weitere Tage vor sich, in denen sie sich vor der Welt verstecken würden. Wolf nahm Carolines linke Hand und bewunderte den Ring an ihrem Finger. Es machte ihn vielleicht zu einem Höhlenmenschen, aber er liebte es, dass seine Frau mit seinem Ring markiert war.

Wolf schloss die Augen und dachte an seine Frau. Seine Frau! Er hätte nie gedacht, dass er jemals im Leben so viel Glück haben könnte. Vor dem Einschlafen dachte Wolf noch einmal über den Text ihres Hochzeitsliedes nach. Worte, wie sie wahrer nicht sein könnten. Caroline war verdammt süß und er war verdammt dankbar.

*

Hol dir Buch 5, Schutz für Summer, JETZT!

BÜCHER VON SUSAN STOKER

SEALs of Protection
Schutz für Caroline (Buch Eins)
Schutz für Alabama (Buch Zwei)
Schutz für Fiona (Buch Drei)
Die Hochzeit von Caroline (Buch Vier)
Schutz für Summer (Buch Fünf) **(erhältlich ab Ende April 2020)**

Die Delta Force Heroes:
Die Rettung von Rayne (Buch Eins)
Die Rettung von Emily (Buch Zwei)
Die Rettung von Harley (Buch Drei)
Die Hochzeit von Emily (Buch Vier)
Die Rettung von Kassie (Buch Fünf)
Die Rettung von Bryn (Buch Sechs)

Die Rettung von Casey (Buch Sieben) **(erhältlich ab Ende April 2020)**

Und auch die folgenden Bücher von Susan Stoker werden in Kürze auf Deutsch erhältlich sein:

Aus der Reihe »Die Delta Force Heroes«:
Die Rettung von Casey (Buch Sieben) (April 2020)
Die Rettung von Wendy (Buch Acht) (Juni 2020)
Die Rettung von Mary (Buch Neun) (Sept 2020)
Die Rettung von Macie (Buch Elf) (Okt 2020)

Aus der Reihe »SEALs of Protection«:
Protecting Cheyenne (Buch 6)
Protecting Jessyka (Buch 7)
Protecting Julie (Buch 8)
Protecting Melody (Buch 9)
Protecting the Future (Buch 10)
Protecting Kiera (Buch 11)
Protecting Alabama's Kids (Buch 12)
Protecting Dakota (Buch 13)
The Boardwalk (Buch 14)

BIOGRAFIE

Susan Stoker ist die New York Times, USA Today und Wall Street Journal Bestsellerautorin der Buchreihen »Badge of Honor: Texas Heroes«, »SEALs of Protection«, »Die Delta Force Heroes« und einigen mehr. Stoker ist mit einem pensionierten Unteroffizier der US-Armee verheiratet und hat in ihrem Leben schon überall in den Vereinigten Staaten gelebt – von Missouri über Kalifornien bis hin zu Colorado. Zurzeit nennt sie die Region unter dem großen Himmel von Tennessee ihr Zuhause. Sie glaubt ganz und gar an Happy Ends und hat großen Spaß daran, Geschichten zu schreiben, in denen Romantik zu Liebe wird.

Besuchen Sie Susan im Netz!
www.stokeraces.com
facebook.com/authorsusanstoker
twitter.com/Susan_Stoker
bookbub.com/authors/susan-stoker
instagram.com/authorsusanstoker
Email: Susan@StokerAces.com

www.ingramcontent.com/pod-product-compliance
Lightning Source LLC
LaVergne TN
LVHW011719060526
838200LV00051B/2958